AF423368

El amor espera

Martín Otegui Piñeyrúa (Montevideo, 1988) es licenciado en Comunicación y actualmente trabaja como guionista y productor de televisión. Desde hace 12 años dicta clases de escritura creativa en la Universidad de Montevideo, donde también fue profesor de Literatura y Guion, e impartió talleres sobre creatividad, cine y series de televisión. Ha colaborado con columnas y entrevistas en medios como Montevideo Portal, El País, El Observador, Semanario Minuano y Repórter. Su obra *El hombre partido* obtuvo en 2005 la Mención Especial del *Certamen internacional de poesía: Premio María Eugenia Vaz Ferreira*. Algunos de esos poemas fueron publicados en la antología *Mundo literario 2007*. *El amor espera* es su primera novela.

Martín Otegui Piñeyrúa

El amor espera

De esta edición:
El amor espera
Martín Otegui Piñeyrúa
Montevideo, 2021

Portada y maquetación:
Luciana Peinado

© Martín Otegui Piñeyrúa, 2020
ISBN: 978-9915-40-402-8
martinotegui@yahoo.com

Has visto,
verdaderamente has visto
la nieve, los astros, los pasos afelpados de la brisa…
Has tocado,
de verdad has tocado
el plato, el pan, la cara de esa mujer que tanto amás…
Has vivido
como un golpe en la frente,
el instante, el jadeo, la caída, la fuga…
Has sabido
con cada poro de la piel, sabido
que tus ojos, tus manos, tu sexo, tu blando corazón,
había que tirarlos
había que llorarlos
había que inventarlos otra vez.

"Para leer en forma interrogativa", Julio Cortázar

Índice

1

EL VIAJE

Hubo un tiempo, justo a mitad de la vida, en que me sentí a punto de caer. No sabía hacia dónde, no sabía de qué lado. Pero sentía que iba a caer. Tampoco se trataba de algún asunto puntual: el trabajo, la pareja o la salud. Ni siquiera de la muerte... o quizá sí. Me sentía acorralado, por las circunstancias y por mí mismo. Quería escapar, así que escapé.

-Estoy pensando ir para allá.

Por primera vez en los últimos cinco meses, hablaba con mi hermano. Lo había llamado por su cumpleaños, una costumbre que repito hasta el día de hoy, todos los años. Me preguntó cómo estaba y por un instante se me cruzó por la cabeza la idea de plantearle aquella especie de crisis que estaba atravesando. Él, como hermano mayor, me podría entender -quizá hasta lo habría experimentado en carne propia- y tendría algún consejo para darme. Pero algo me frenó, no me pareció correcto arruinarle el cumpleaños con ese tipo de planteos. Nunca imaginé que se lo arruinaría igual, de otra manera.

-¿Para acá? ¿A qué?

-No sé… A pasear…

Su cara en la pantalla de mi celular se veía pixelada debido a la pésima conexión a internet, pero igualmente me di cuenta de que no se alegró. Así que redoblé la apuesta:

-A visitarte.

-¿Cuándo?

-Mañana me tomo el avión.

-¡¿Mañana?! —se sorprendió con unos segundos de retraso cibernético. Yo estaba preparado para una reacción así, era lo esperable en Alberto.

-Sí, mañana.

-Pero, ¿pasó algo? ¿Por qué tan repentino?

Más que interesarse por mí, lo que hacía mi hermano era ir a pescar argumentos para luego volverlos en mi contra. Siempre hacía lo mismo. Aquel no era el mejor momento para contarle que Zoca estaba embarazada y que el temor a que la tragedia me visitase de nuevo me había invadido una vez más. Se lo quería contar en la cara, sin pantallas de por medio, para así poder extraer algún tipo de enseñanza, al menos de su mirada o de un gesto. Algo que miles de *bits* no podían transmitir.

-Nada. Hace un tiempo que ando medio ahí… no sé, raro. Aparte, en el laburo tengo días de licencia a patadas —del otro lado, el silencio. Continué justificándome-. Acá hace un frío de cagarse… No conozco allá donde estás vos, y la verdad que me muero de ganas de…

-¿Las Vegas? ¿De verdad te querés venir ahora a Las Vegas?

-Sí, hermano. Tengo 42, nunca fui, y…

-¿Pero por qué mejor no te das un paseito por algún lugar más cerca? Si lo que querés es despejar un poco la cabeza, descansar… Venirte hasta acá, la verdad… No sé, cruzá el charco, andate a Colonia, a las termas…

-¿Yo te digo que estoy mal y que necesito despejar la cabeza y vos me decís que vaya a las termas? ¿En serio?

-Bueno, no sé… -la imagen se pixelaba todavía más y el audio se entrecortaba, por lo que debía adivinar qué gesto de Alberto se correspondía con qué parlamento-. Pero venirte a Las Vegas… ¿qué vas a hacer acá?

-¿Me estás preguntando qué voy a hacer en Las Vegas? ¿En serio? ¿Como pidiéndome que te enumere actividades que se pueden hacer en Las Vegas? ¿Vos me estás tomando el pelo?

-Vas a estar una semana y te vas a aburrir.

-Saqué la vuelta para el 23, así que voy a estar dos semanas y ahí me aburra o no me aburra, me vuelvo.

-Sos un ridículo. Tenés mil lugares para ir. Podés ir a Camboya y te tirás todo el día en la playa; a Nepal, quedate un tiempito en un templo con los monjes budistas; andá a Filipinas; a Tailandia, los *Ping Pong Shows*… Hacé un safari por el África, qué sé yo, nene. ¿Conocés México vos, la Riviera Maya?

-¿Podés dejar de decir pelotudeces? –lo corté en seco.

-¡Nueva York! Andá a Nueva York. Es espectacular. Te va a encantar. A todo el mundo le encanta Nueva York…

-Voy a ir a Nueva York.

-Perfecto.

-Pero mañana me voy a Las Vegas. Montevideo, Miami; Miami, Las Vegas. El domingo a las 08.45 llego al aeropuerto McCarran… algo así, ¿puede ser? No te preocupes que no me tenés que ir a buscar, me alquilé un autito para las dos semanas. Ya lo vas a ver, si te portás bien, te lo dejo manejar.

-¿Y a Nueva York?

-Ya iré…

-¿Por qué no vas ahora?

-¡Porque te estoy diciendo que mañana me voy para allá, no me rompas más los huevos! –la paciencia se me agotaba. Hubo un silencio de aceptación.

-¿Dónde te quedás?

-En la 4037 del edificio principal, piso 28.

-¿De qué hotel?

-Del que trabajás vos, hermanito.

-¿Vos estás loco? ¿Cuánto te salió?

-Menos de lo que esperaba, la verdad. Nada que no pueda pagar por catorce noches una vez en la vida. Y prefiero hacerlo ahora que todavía me queda un poco de vitalidad en los huesos.

-Más o menos…

-Más o menos.

Le conté, además, que justo esa semana nuestro músico favorito iba a dar un concierto allá mismo, en Las Vegas.

-Entonces venís al recital… -concluyó mi hermano luego de expresar genuina alegría por primera vez en nuestra charla, cuando le conté lo del concierto y que ya había sacado dos entradas. Él ni se había enterado. Yo lo había leído en un anuncio en internet cuando saqué el pasaje.

-No, Alberto, voy a verte a vos.

Otro silencio. En esta parte del mundo, de tensa expectativa. A juzgar por el rostro a cuadritos de mi hermano, en aquella, también.

-Acordate que yo trabajo mucho…

-Sí, ya sé, despreocupate, no te voy a molestar. Voy a hacer la mía. Voy a conocer Las Vegas, voy a estar todo el día chupando en la piscina del hotel. Voy a ir a todos los casinos que vea, voy a ver todos los espectáculos que pueda…

-…te vas a enfiestar con todas las minas que puedas… -completó mi hermano.

-Sí… -alcancé a decir. La imagen de Zoca se me cruzó otra vez por la cabeza-. De noche me voy al bar que atendés vos, y cuando…

-Mirá, mejor, ¿por qué no quedamos en tomar algo antes del recital, y aprovechamos y nos ponemos al día? –interrumpió mi hermano.

-¿Estoy viajando hasta allá para verte y me ofrecés solo una noche como anexo de un recital?

La imagen de mi hermano se volvió más borrosa. Giró a un costado y agarró lo que parecía una agenda.

-El show es el jueves, ¿no?

-Sí…

-El jueves trabajo toda la noche, hermanito. Voy a ver si consigo a alguien que me cubra un rato para poder ir al toque. Y te aviso a qué hora zafo para vernos antes. ¿Te parece?

De un momento a otro, mi hermano dio la charla por concluida. Difícil tarea me esperaba si pretendía contarle mi tormento y obtener algo de sabiduría a cambio. Era muy esquivo.

-Dale, hacemos eso, sí. Igual, después podemos hacer algo más… No sé, un paseo, una salida… Algo más divertido.

-Hablamos el jueves, vamos viendo.

Cuando cortamos me quedé con una sensación amarga, mi hermano me había dado a entender de muchas maneras que no era bien recibido allá. De todos modos, no iba a dejar que esa actitud de él arruinara mis planes. Lo tenía decidido: iría a Las Vegas le gustara a quien le gustara.

La huída se me presentó como el único y viejo antídoto contra aquella duda existencial. ¿Era correcto lo que estaba haciendo? Sabía que no, pero aun así lo hice. En mi cabeza le adjudicaba todo a la crisis de los 40, pero era mucho más complejo que eso. Aparte, en aquel entonces yo tenía 42, así que si se trataba de eso sería otra cosa a la que había llegado a destiempo en la vida.

Hacía casi un año que *nos veíamos* -así le decía yo- con Zoca. Para ella éramos un *touch and go* pero yo le explicaba que en nuestro caso sería un *touch and go and come back and go again*. Tampoco éramos *amigos con derechos*, nunca fuimos amigos, nos conocimos en un bar.

Ella era la *barlady*, cuando la pista se empezó a vaciar y la barra quedó más liberada, Zoca se puso a bailar. Bailaba como poseída, con los brazos levantados. Yo estaba en la mía, pero en un momento sentí que me tocaban el hombro. Era ella, con una sonrisa inmensa, moviendo los brazos, invitándome a seguirle el ritmo. En el primer baile nos preguntamos los nombres y esas pavadas que se dicen en los momentos así. Le invité un trago en su propia barra, lo que generó un momento incómodo con su compañera de trabajo. Incómodo para mí, ellas parecían divertidas. Bailamos lo que quedaba de la noche y luego fuimos a su casa. Desde entonces, nos veíamos una vez por semana, casi siempre los fines de semana. No estaba enamorado de Zoca, probablemente ella tampoco lo estaba de mí, pero disfrutábamos de nuestra mutua compañía.

Lo tenía claro: aquella noticia de Zoca había despertado en mí el impulso de viajar. Sin embargo, la señal más contundente de que debía sí o sí emprender aquellos rumbos había sido la mágica aparición algorítmica del anuncio del recital. Músico es el artista más grande que ha dado la música en español –si es que la música tiene idiomas-. Al menos el *rock and roll*, y qué otra cosa era el *rock and roll* por aquellos años sino la música misma. Músico es todo un personaje. Tiene un bigote bicolor –también manchado por la nicotina-, manos de marfil y teclados de Taiwán. Fue un chico conectado con la ciencia. He leído sus dos biografías y todas sus entrevistas como quien lee el Nuevo Testamento, y he visto todos sus videos de actos de locura en *Youtube*. Por eso hablo con propiedad, como si lo conociera. Porque por aquel entonces yo ya lo conocía, a través de sus canciones. Lo que no sabía era la sorpresa que la Suerte me tenía deparada. La noche en que efectivamente lo conocí, Músico ya no era ese niño prodigio que tocaba el piano con 6 años sino un viejo maltrecho inflado por los corticoides. Eso sí, aún tocaba el piano como un animal.

Músico tiene oído absoluto, está clínicamente comprobado, y es un compositor genial. No recuerdo exactamente a qué edad fue, pero en algún punto de la adolescencia, mi hermano me sometió a sesiones de lavado de gusto musical. Casi siempre los fines de semana, por las tardes, cuando llovía, Alberto me llamaba a su cuarto, trancaba la puerta, subía el volumen de su enorme amplificador y me obligaba a escuchar discos enteros de Músico.

-Esto, esto te tiene que gustar. Esto –decía con cara de loco.

Demoré varias sesiones en relajarme, abrir las puertas de la percepción, y dejarme llevar por aquellas canciones tan extrañas. El entorno no era el mejor, y mi hermano me miraba como esperando reacciones que yo todavía era incapaz de demostrar. Recién estaba iniciando el viaje, aquel viaje maravilloso que me cambiaría la vida para siempre. Recuerdo lo que sentí cuando escuché la primera canción de Músico. Recuerdo cómo todo se detuvo. Cómo en un instante, con el primer acorde, todo lo demás dejó de existir. Eran sonidos delicados y profundos, acompañados por palabras que yo conocía pero que en la voz de Músico adquirían significados insospechados. La melodía me embriagaba. Un paseo por aquí, un paseo por allá. Pegaba las canciones con curitas. Y yo sentía que como resultado de haber escuchado aquello, en algún rincón del alma una boca se había alimentado. Terminaba la canción y ya quería escucharla de nuevo, otra vez. Pero no era el momento, inmediatamente comenzaba una nueva canción, una nueva aventura.

La adolescencia resultó ser el momento perfecto para arroparme con aquellas canciones, que no me abandonaron jamás, que hoy se paran junto a mí. Y así, el tiempo pasó, entre rayuelas y cometas; entre un amor y bicicletas; y aunque estuviera solo, sabía jugar. La música de Músico me hacía jugar, aunque quisiera llorar. Se conectaba de alguna manera extraña, mediante un cable invisible, con algo escondido en lo profundo dentro de mí. Me engordaba el alma. Una voz divina que me decía que me había querido encontrar pero no sabía dónde, y que me había ido a buscar. Cerraba los ojos, me dejaba viajar con aquellos personajes y aquellos paisajes, aquellas historias… Podía alcanzar lo interminable, rebotando en la pared, dando vueltas en el aire. Si el tiempo no era amigo, ya no importaba más. Yo solo quería jugar.

Era su música, sí, pero también eran sus letras. Su arte era el arte de Mozart, de Beethoven, de Chopin. Un clásico, con letras de poeta maldito. A veces revolucionario, a veces demoledoramente existencial, siempre preocupado por el amor, por la luz. A veces, también podía ser sutil y bailable. Casi siempre, exquisito. Complejo pero simple a la vez, como un haiku. Podía ver a través de aquellas canciones. Músico tiene una personalidad potente, como corresponde. Pero también tiene agujeros que no ves, picaduras de escorpión, que oculta un maquillaje de inocencia. Siempre parece acelerado, con una energía arrolladora. Como su arte. Y toca el piano con apuro, y a la vez paciencia.

Me llevó tiempo comprender sus canciones. Todo lo bueno lleva tiempo. Lo inmediato, tarde o temprano, se pierde. Descubrí eso a los pocos días de llegar a Las Vegas. Luego de haberme distraído con todo cuanto me topé, y quedar vacío de júbilo, con sitio solo para la autocompasión, supe que ni en una ciudad así las penas se podían disimular durante mucho tiempo. ¿Qué haría después? ¿Volvería a Montevideo y haría como si nada hubiese pasado? Eso no era una opción. Podía quedarme unos días más en Nevada, hasta poner mi mente en su lugar. Por lo que había investigado en internet, tenía un par de opciones de hospedaje muy accesibles a veinte kilómetros de la *Strip*, por la carretera que atraviesa el desierto de Mojave. Por las dudas, también le había dicho a mi jefe que Alberto estaba enfermo, y que en el peor de los escenario debería prolongar mi estadía unos días... por la enfermedad, por supuesto. A regañadientes, mi jefe aceptó, tampoco se podía oponer en una situación así. Fantaseé con la idea de permanecer en Las Vegas un mes entero. Era algo posible, solo dependía de mí. Quizá con un mes fuese suficiente. Debía poner mi cabeza en orden, ¿cuánto podía demorar? ¿Cuánto tiempo estaría envuelto en penas, arrastrando aquellas cadenas?

El vuelo a Miami partió a las once de la mañana. Estaba soleado, lo tomé como un buen augurio. Además era sábado y, para los japoneses, los sábados son días bien aspectados. Eso me explicó mi hermano cuando pasó por aquel período de misticismo zen. Influenciado por él, a los veinte me tatué un samurai en el brazo izquierdo. Desde aquella lavada de cerebro de mi hermano, yo mismo me obsesioné con la cultura japonesa. Una noche nos quedamos despiertos hasta las cuatro de la mañana mirando un documental que pasaban en el *History Channel* sobre la Restauración de la dinastía Meiji. Aquello había terminado bastante mal para el Emperador, el que había modernizado al país, y también para el General Nogi –el hombre de mayor confianza del Emperador- y su mujer, que cuando se enteraron de la tragedia practicaron *seppuku* y *jigai* respectivamente. En Japón utilizan dos palabras distintas para designar el suicidio de un hombre y el de una mujer, pero no cualquier suicidio sino el suicidio que se practica como consecuencia de la partida de un maestro. Recuerdo que pensé en el suicidio, nunca antes había pensando en el suicidio. Todo el mundo en la ciudad es un suicida. Y es la verdad, al menos en Japón, a miles de kilómetros de distancia. Otra cultura. Quisiera ver ese mar al amanecer. Quisiera ver ese mar y veo esta pared. Pero si voy hacia el mar al amanecer, quizá extrañe a la pared.

En el Aeropuerto Internacional de Miami me encontré con gente de todos los colores. Busqué una terraza donde poder fumar, tuve que salir literalmente del aeropuerto. Un golpe de calor húmedo me impactó en la cara, encendí un cigarrillo. Exhalé el primer humo de las últimas nueve horas y me quedé viendo el hormigón gris de las rampas para vehículos del aeropuerto, y el cielo celeste oscuro del amanecer de la otra Florida. Es todo lo que voy a conocer de Miami, pensé, e intenté disfrutar un poco más del pucho. Cuando quise hacer acordar ya estaba de vuelta en el asiento de un avión, otro avión, esta vez con destino a Nevada. Levantamos vuelo, miré por la ventanilla: aquello era Miami. Me enchufé los auriculares, seleccioné una *playlist* de Músico, y cerré los ojos. La primera canción ya me hizo pensar en Zoca, en el dolor que le estaría causando.

Saqué el celular, lo había apagado. La pantalla negra, no era más que un rectángulo de plástico en el cual me reflejaba. En alguna parte del éter, seguramente deambulaban los mensajes que Zoca me había estado mandando desde la noche anterior, y todavía mi teléfono no había interceptado. Dejaría ese celular apagado en la habitación del hotel, dentro de una valija, y usaría el del trabajo para comunicarme con Alberto. Zoca no tenía ese número. Volví a guardar el aparato inútil. Pensé si estaba haciendo lo correcto.

Sabía que no estaba enamorado de Zoca, pero la quería. ¿Podía imaginar una vida junto a ella? Esa era la pregunta que, por aquel entonces, no tenía respuesta. Quizá el amor no fuese más que una construcción, un acostumbramiento. También pensé en lo que tendría por delante, en todo lo que significaría. No estaba preparado. Quizá ni siquiera yo estaba hecho para eso. Ya había quedado claro antes, dos veces. La tragedia se había encargado de remarcarlo. Seguramente los japoneses tuviesen una palabra para describir aquella maldición. Recuerdo que escuchando a Músico en el asiento del avión, me invadió una profunda tristeza. La gente del aeropuerto, todas esas vidas caminando tan apuradas de acá para allá, a vivir vidas tan dispares. Pensé en mí, en lo que estaba haciendo. También recordé a Rosi, la mujer de mi vida. María Rosa. ¿Dónde estaría Rosi ahora? En su casa. ¿Qué estaría haciendo? ¿Por qué la había abandonado? ¿Cómo pude desearla tanto, y amarla tanto y huir así? ¿Acaso era esa mi única respuesta ante los problemas? O mi única respuesta ante el amor. La permanencia y el escape. Un amor real es como vivir en aeropuertos. El calor de la bienvenida y el frío de la despedida. Todo junto en un punto insólito del tiempo donde dos seres se encuentran.

La noche del viernes, antes de comprar los pasajes, un rato después de leer el mensaje de Zoca, me convencí de que no lo haría. Zoca me había estado llamando toda la tarde, sospechaba que era algo que no deseaba escuchar. Zoca nunca me llamaba, algo seguro había pasado. No tuve el coraje de atender, prefería esperar a que me diese alguna pista por *WhatsApp*. Y la pista -más que la pista, la respuesta- llegó esa noche: estaba embarazada. De alguna manera, yo ya lo sabía, así que lo que hice a continuación no fue más que un acto reflejo. Ya había estado en ese lugar antes, y sabía cómo debía actuar. Debía asumir las consecuencias de mis actos, como un hombre, por una vez en la vida hacer lo que se esperaba de mí. Necesitaba el consejo de mi hermano, y hacia él iba. ¿Qué haría un samurai en mi lugar? Funcionó el recordatorio del recto obrar. Pero al quinto vaso de whisky, emborrachado por la angustia, preferí no pensar más y me fui a acostar con la conciencia intranquila de que estaba haciendo lo incorrecto.

Recuerdo haberme levantado en mitad de la noche, empapado en sudor frío, tiritando. ¿Tenía fiebre? ¿Era un mensaje que el cuerpo le enviaba a mi mente? Tomé dos ibuprofenos y cuando quise hacer acordar ya estaba dormido de nuevo. Volví a despertar con la alarma del celular. Según mis cálculos, tenía dos horas para desayunar, ducharme y llegar al aeropuerto. Pedí un *Uber* y me senté en el asiento de atrás. No quería hablar con nadie, y menos con un desconocido sobre estupideces. ¿Qué estaba haciendo? ¿Cuál era el sentido de todo aquello? Frenamos en un semáforo en rojo, pero resultó que estaba roto. Se me fijó en la mente esa luz roja, como una señal de que debía detenerme. Tenía cuarenta y dos años, ya no estaba en edad de hacer ese tipo de cosas… ¿Acaso no había aprendido? Quise quedarme pero me fui, y llegué a Las Vegas.

Todo gato en la ciudad tiene mil vidas, pensé mientras miraba por la ventanilla del avión la pista de aterrizaje. Apenas pisé el suelo de Nevada, pude sentir la energía en el pie. Como Neil Armstrong. Mi reloj de plasticina indicaba que ya era la hora. Y mis piernas, cada vez más largas, sabían que no podía volver atrás.

2

NADA FABULOSA

Pocassensaciones se asemejan a manejar un Camaro rojo por *Las Vegas Boulevard* apenas orejea la noche. Sin capota. El cielo, de un color rosado violáceo, hace maridaje perfecto con el *beige* de la arena del desierto sobre el cual se levanta aquella ciudad. Pero donde estaba yo, en el corazón de la *Strip*, no se divisaba ni un grano de arena. Casi ni cielo, en realidad. Reinaba el neón, la fosforescencia, el movimiento, el bullicio. Lo majestuoso, lo exagerado. Pero sobre todo, lo falso. Todo tan extravagante y tan mundano; tan multitudinario y tan vacío. La *Ciudad del Pecado* hacía lo posible por honrar su apodo. ¿Cómo podría explicarlo? Se trataba más bien de una atmósfera que se apoderaba de uno, un viento fuerte que penetraba directo en la sien, y lo transformaba todo. Al rato, el cuello comenzaba a doler de tanto mirar para arriba. Eran edificios de más de 40 pisos. Cuando por fin los ojos llegaban hasta la cima, había que volver a bajar, y entre todo eso, media ciudad pasaba desperdiciada por debajo. El tráfico ayudaba a la contemplación, el paso de los autos era lento.

Pero no se podía frenar. Prendí un pucho. La ciudad comenzaba a tomar ante mis ojos una renovada intensidad. Ahora estoy en el mundo, pensé. Conozco esta ciudad, no es como en los diarios, desde allá. Es como en los libros, y en las películas, y en las canciones. Pero al principio, Las Vegas no es como uno la imagina.

Durante el día no es más que una ciudad norteamericana demasiado calurosa, sin ni un parque, ni una plaza, mucho menos un bosque o un lago. Quiero decir, reales… Para acceder a una alternativa al asfalto, es necesario manejar hasta el desierto. La arena –tan volátil-, y el polvo, y las rocas resultan un buen consuelo, al menos para los sentidos.

Lo más parecido a una experiencia disfrutable durante el día en Las Vegas es estar tirado en una reposera al borde de alguna piscina, bajo las imperceptibles gotitas de agua helada de los rociadores de pared, con un balde lleno de *Bud Light*. Y cuando se acaban las *Bud Light* lo único que hay que hacer es llamar a una de las tantas muchachas mozas del bar, que deambulan en bikinis azules y blancos de acá para allá. De allá para acá. Ni en una noche en el *Tequila* de La Barra se ve tantas mujeres hermosas juntas. Ni en un desfile de *Victoria Secret*. También hay varones, por supuesto, en el *crew* del restaurante de la piscina. Sin remera. Las señoras de sesenta y tantos no dudan en consultarlos constantemente. Y algunos señores, también. En Las Vegas no hay lugar para la discriminación, se cosifica a todo el mundo por igual.

El hotel en el que me hospedaba había sido uno de los últimos en construirse, y quedaba casi en una punta de la *Strip*, la franja central de 6 kilómetros que incluye no solo el enorme *Las Vegas Boulevard* sino también los edificios a sus costados. El *MGM Grand Las Vegas*, mi hotel -ese es su nombre oficial- estaba compuesto por un edificio central -escoltado desde la vereda por una absurdamente gigante estatua del característico león dorado- con más de 5.000 habitaciones; y otras tres torres más. El *lobby*, con pisos y paredes de mármol; los techos altísimo, claros e iluminados; todo lleno de gente pero moviéndose, no apretada. Se podía distinguir a los empleados del hotel porque iban vestidos impecables. Muy atentos, todos haciendo algo, ninguno ocioso. En el centro del *hall*, una jaula de *MMA* promocionaba una pelea esa misma noche en el *MGM Grand Garden Arena*. Un afiche en la pared anunciaba un show de Ricky Martín y Enrique Iglesias, juntos. Dos afiches más allá, promocionaban dos espectáculos distintos, en teatros distintos, de la franquicia del *Cirque du Soleil*. También estaban los *stand-up* y los *vaudevilles* y cabarets y *freak shows* todas las noches. Esos universos sin ni siquiera salir del hotel. David Copperfield tenía su show permanente en ese mismo lugar desde hacía veinte años. De hecho, ese era el nombre del espectáculo: *David Copperfield: 20 years of magic*. Se le notaban los años en la fotografía del cartel, debajo del *botox*, pero aún conservaba aquella mirada intrigante. Ni loco iba a gastar un dólar para ver a David Copperfield. Ninguno de esos espectáculos valdrían menos de 50 dólares, pensé, y me concentré en encontrar de una vez el ascensor que me llevase a mi habitación.

Desde la ventana del piso 28, descubrí lo que hacía la gente en Las Vegas durante el día. Los que no estaban apostando o durmiendo, estaban en alguna de las cuatro piscinas del complejo acuático. Subir aquel ascensor tipo nave espacial fue una experiencia bastante claustrofóbica, y tuve que padecerla de nuevo al rato, para conocer aquellas piscinas. Cuando por fin se abrieron las puertas de metal en la planta baja, salté hacia afuera y respiré profundo. Delante de mí se aparecieron las escaleras mecánicas más grandes que había visto en mi vida. En realidad no eran tan grandes, eran muchas, una al lado de la otra. Los escalones eran anchos, entraban cuatro personas en un mismo escalón. Llegué hasta abajo y dos tipos de traje, cual escoltas, repartían toallas. Agarré una, aunque ya tenía, por las dudas. Atravesé un enorme ventanal de vidrio, que se abrió automáticamente, y accedí al mundo exterior.

La primera piscina que vi era una especie de cuadrado deforme inmenso, con trampolines y todo lo demás. Había niños y familias. Siguiendo por el sendero pavimentado, rodeado de pasto y flores y árboles incrustados *grosso modo*, ladeado por dos frondosas ligustrinas de baja altura, llegué a la segunda piscina. Por alguna razón que desconozco, no había casi nadie. Era una piscina mucho más chica, pero tenía una cascada… Estaba algo escondida, imaginé que se usaría bajo aquellas circunstancias que requirieran cierta discreción. La tercera piscina que se me apareció no era una piscina sino un río artificial. La gente se deslizaba como lava por aquellas calmas aguas. Andaban como chapoteando, hundidos sobre unos flotadores redondos muy resistentes. Se podía recorrer un gran camino desde el agua, todo a lo largo. Pero parecía difícil nadar. Cada tanto, en medio del agua aparecían pequeños islotes con plantas y fuentes. Los más atrevidos se peleaban por instalarse ahí con sus baldes de *Bud Light* y *Bud Light Lime*. Hacían bien, aquellos lugares de privilegio representaban verdaderos escaparates. Mujeres y hombres se mostraban por igual. Divertidos, bailando, empujándose. La gente fumaba en el agua. ¿A dónde iba a parar la ceniza? ¿Y las colillas? No se veían flotando en la superficie… Las empleadas del bar también se metían al agua, quizá por eso llevaban bikinis, quién sabe. En conjunto, aquello daba una imagen de feliz anarquía. Absolutamente controlada, pero anarquía al fin. Otros le llamarán *libertad*. Lo tenía claro, aquella sería la piscina donde me instalaría, pero antes quería terminar de recorrer el lugar. Al fondo estaba la que parecía la última piscina. Tuve que acceder a través de una especie de laberinto de vallas metálicas, y cuando finalmente llegué a algo así como una entrada, un tipo de traje y lentes negros me explicó que estaba cerrado.

-¿Y a qué hora abre? –quise saber.

-Hoy está cerrada. Mañana abre –debió haber visto mi cara de desconcierto y agregó-. Es un club…

Pensé en un club donde se va a practicar deporte. Sin embargo, por lo poco que pude espiar a través de los arbustos, había una piscina enorme, con una especie de escenario, y camastros y reposeras alrededor.

-Ah…

-Mañana hay una fiesta.

-¿Mañana? ¿Hay que pagar entrada?

-Sí, 100 dólares, pero no sé si quedan.

Un cartel de lona indicaba que el lugar donde estaba se llamaba *Wet Republic*. Además, tenía una imagen de esa misma piscina repleta de gente y con un *dj* tocando en el escenario.

-¿Es una *pool party*? –pregunté.

-Sí, toca Tim Bergling.

¿Estaba dispuesto a pagar 100 dólares por una *pool party* con Tim Bergling en el hotel más *cool* de Las Vegas? En otro momento de mi vida, probablemente sí. Pero en aquel, no. De todos modos, tenía tiempo para decidirme hasta el día siguiente, si es que aún quedaban entradas. Tampoco me sentía con ánimo festivo, la tristeza no se había quedado en Montevideo. La podía distraer con facilidad, pero nunca me abandonaba.

-¿Y sabe si hay alguna otra fiesta en el hotel esta noche?

-No, yo trabajo en el club.

Un tipo vestido más informal que estaba parado al lado de este, y había permanecido en silencio, se apiadó de mí.

-Creo que esta noche toca un *dj* importante en la discoteca del hotel, y está el show de Madonna, también hoy.

-¿Y fuera del hotel?

Los dos tipos rieron.

-¿Le estás preguntando qué hay para hacer esta noche en Las Vegas? ¿En serio? –me preguntó el de traje, tomándome el pelo.

-Es Las Vegas, hermano… -agregó el anónimo más amable-. Podés hacer lo que quieras… todo lo que quieras. Eso sí, hagas lo que hagas, no lo hagas delante de la Policía. Parece que no están, pero siempre están. Hay que usar el sentido común, nada más.

-Cuidado… ya sabés lo que dicen del sentido común… Y cuidado con las prostitutas –dijo el de traje-. No todo lo que brilla es oro… no sé si me entendés…

-Claro –de hecho, lo entendí de varias maneras.

-Cuidado con Kelly –me advirtió el de traje-. Si parás a hablarle un segundo, no hay manera de que escapes de ella. No sé cómo hace, pero lo hace. Nadie se salva. Es capaz de hacer lo que sea con tal de salirse con la suya. Toda clase de estrategias.

-Solo mantenete lejos de ella –interrumpió el otro.

¿Qué era todo aquel disparate? Esos dos tipos me estaban asustando por gusto, se estaban riendo de mí. No los juzgaba, estaba en Las Vegas no sabía cómo eran las cosas allí. Con las personas, con la ley. Les seguí el juego, una habilidad que desarrollé mucho a lo largo de mi estadía.

-¿Y cómo se supone que la reconozca?

-Nadie la reconoce, se llama Kelly, eso es todo lo que te puedo decir.

A mí me parecía demasiada poca información para el alto riesgo que aparentaba esta mujer. El de traje retomó la palabra.

-Yo una vez estaba en una orgía… ya sabés cómo es… y de pronto mi pareja del momento prende una luz, se acerca y me dice: "Soy Kelly…".

¿Me estaban tomando el pelo? ¿Existía una suerte de bruja suelta en Las Vegas? Si lo pensaba detenidamente, tenía sentido, las cosas eran muy extrañas en Las Vegas. Me despedí de los tipos agradeciéndoles las sugerencias y volví al lugar donde me había sentido más a gusto: el río.

Me instalé en una reposera amplia, debajo del rociador de la NASA que había visto antes, y comencé a embadurnarme con protector solar. ¿El sol de Nevada sería tan fuerte como el de Rocha? Estaba en medio del desierto, no había visto una nube desde mi llegada. Sin embargo, estaba convencido de haber escuchado alguna vez que el famoso agujero de la capa de ozono estaba justo arriba de América del Sur. No quería pasar mi primera noche en Las Vegas solo pensando en volver al hotel por culpa del ardor, de la quemazón del sol en los hombros, raspándome la camisa, así que me enchumbé en factor 30. Desde muy joven había desarrollado la capacidad de autoaplicarme el protector en la espalda, pero mientras lo hacía, allí, a la orilla del río, pensé en la persona que me pasó protector por la espalda en los mejores días de playa de mi vida: Rosi. Quise que estuviese allí conmigo. Me tiré en la reposera a esperar a que mi cuerpo absorbiera todo el producto, pero el calor se me hizo tan insoportable que me zambullí en la piscina-río cinco minutos después. El agua me llegaba hasta el ombligo. Qué llana, pensé. Conforme avanzaba en el agua –porque aquello no era nadar- descubrí que la profundidad del río variaba en distintos puntos. De todos modos, nunca me llegó más allá del pecho.

Aquello era una jolgorio acuático, toda la gente sonreía. Me impresionó el crisol de pueblos, la variedad étnica de mis compañeros de aguas. Las chicas del bikini azul entraban delicadamente a la piscina a llevar algún pedido y salían empapadas, llenas de gotitas que se les quedaban abrazadas a las piernas.

Esa piscina repleta de curvas y gente y flotadores e islotes… era como una calesita de la felicidad donde los caballos tenían permitido chocar. Los autitos chocadores.

-¡Ups, chocamos! –o algo así dijo en inglés una abuela de unos 70 años, con el pelo entre rubio y canoso. Levaba aros en las orejas, lentes de sol y un bikini fucsia. Todo un personaje, la señora. Sonreí y avancé, pero al pasar a su lado, la abuela volvió a decir algo que esta vez no descifré. Sonreí de nuevo pero algo en la actitud de la anciana me llamó la atención. Aunque no podía ver sus ojos, por su sonrisa y su gesto levantando una copa de *champagne*, recostada en el flotador, las piernas cruzadas, intuí que podría querer conversar. *Sorry, what?*, le dije.

-¡Sos un samurai! –esa vez comprendí lo que decía. Se bajó los lentes hasta la mitad de la nariz, miró mi tatuaje, me miró a los ojos y siguió-. Siempre quise conocer a un samurai…

Me guiñó un ojo. No supe cómo reaccionar, no estaba acostumbrado a sentir más que ternura ante señoras de su edad. En ese instante me sentí un retrógrado, un conservador. Mucho más viejo que ella. Desprejuiciados son los que vendrán, pensé. Para rellenar el silencio incómodo que produje sin darme cuenta, la señora siguió hablando.

-Por mi edad pensarás que podría haberme casado con uno, ja ja ja, pero he tenido tanta mala suerte en estos 51 años que nunca pude enganchar uno… hasta hoy.

Nadie en todo Las Vegas creería que esa vieja tenía esa edad. No bajaba de 70, para empezar a hablar. Quise ser cortés y coquetear un poco con la señora, pero al mismo tiempo se me hacía imposible. Era más fuerte que yo.

-¿De dónde sos?

-De Uruguay –contesté despacio y fuerte, pensé que tendría problemas de audición.

-Oh... *beautiful* –dijo y se subió los lentes de nuevo. Un samurai sudaca (aunque oriental) no era lo que había buscado durante aquellos 51 años.

-¿Y usted? –no estaba dispuesto a cerrar el levante de esa manera.

-Chicago –dijo y pensé en Michael Jordan-. ¿Qué hacés por acá?

-Vine a visitar a mi hermano, trabaja acá.

-Mmm... un hermano –dijo la señora, pilla.

-¿Y usted? –no quería que nos desviáramos del foco.

-¡De vacaciones, querido! Vacaciones de mi casa, vacaciones de mis perros y gatos, vacaciones de la tienda de la esquina, vacaciones de la chica que trabaja en casa, vacaciones de mis nietos... ¡Vacaciones!

La señora me empezaba a caer un poco mejor. Me intrigaba saber si estaba sola, pero sabía que esa pregunta me sumergiría en un terreno del que luego me costaría salir.

-¿Y viene todos los años?

La señora rió.

-No, querido, siempre que puedo. No más de cuatro o cinco veces por año.

La señora era la clásica adicta al juego que iba a Las Vegas para olvidarse de sus problemas de la tercera edad y vivir la vida que no pudo vivir en las otras dos edades, gastando el dinero que le sobraba de la jubilación en maquinitas de *slots*.

-No es una mala vida –comentó.

-Todo depende de cómo te lo tomes, querido. No hay una escuela que enseñe a vivir.

De pronto, se había transformado en una vieja sabia tira-máximas, y me aburrió.

-Es fácil tomarse las cosas de buena manera desde acá –dije.

-Lo que tú digas...

Se bajó los lentes para mirarme a los ojos de nuevo. Le había molestado mi comentario.

-¿Y por qué viene acá? Pudiendo ir a cualquier otra parte...

Quería que me confesara que en el fondo no era más que una vieja frívola adicta al juego que venía a Las Vegas a sentirse menos ridícula por ser como era, levantándose tipos treinta años menores que ella. Mi pregunta, lejos de incomodarla, le causó gracia.

-Ay, querido... ¿hace cuánto que estás acá?

-Llegué esta mañana –contesté y la señora volvió a largar una carcajada. Tomó un trago de *champagne* y me dijo mirándome a los ojos, por el espacio entre los anteojos y su frente:

-¿Qué planes tenés para esta noche? Quedate tranquilo que yo hoy estoy ocupada...

Pensé si entonces todo aquel levante había sido solo por mero deporte, lo que engrandecía aun más la actitud de la intrigante dama.

-Conocer, recorrer la *Strip*...

-Clásico comienzo, no está mal. Es bueno sacarse las ganas con todo un poco, luego siempre hay tiempo para elegir dónde permanecer.

Se me quedó mirando y tomó más *champagne*. Tenía ojos grises, sutiles.

-Pero no te olvides de las calles paralelas, hijo. Ahí está lo bueno...

-¿Dónde?

-*Everywhere* -dijo y sonó como si de verdad pudiese ser en cualquier lugar.

-Te guiará tu intuición. Te habrán hablado ya de las putas, me imagino...

-Sí... -dije contento de mostrar por primera vez en nuestra charla cierto conocimiento sobre algo-. Me hablaron de Kelly...

¿Sería ella Kelly, y me lo revelaría ahora como al guardia de seguridad en aquella orgía?

-Sí, Kelly, Erika, *Pedacito de cielo*… como quieras llamarla. ¡Cuidado con las prostitutas!

-¿No se puede confiar en ninguna?

-Por supuesto que sí, ¡en casi todas! La mayoría son unas chicas encantadoras que te van a hacer vivir noches que no soñaste ni en tus mejores sueños… pero también hay de las otras. Tenés que estar atento, nada más.

-Esta ciudad parece ser más complicada de lo que imaginé.

-¿Por qué lo decís?

-No sé, es como un arma de doble filo. Todo el tiempo.

-No, hijo, esta ciudad no es un arma, esta ciudad es… ¡una torta de cumpleaños! ¡Maravillosa, deliciosa, llena de colores! ¿Pero alguna vez comiste demasiada torta de cumpleaños que te hizo sentir realmente enfermo? ¿Quizá te tragaste sin darte cuenta algo que no era comestible? ¿Un objeto de decoración? Pero eso no es culpa de la torta… Esta ciudad es… ¡fabulosa! –dijo y elevó la copa como brindando con todos en aquel río.

-Todavía no vi el cartel –le confesé, sus dichos me hicieron acordar.

-¿El que da la bienvenida a la ciudad? Es maravilloso. Deberías verlo cuanto antes, dicen que trae mala suerte entrar a Las Vegas sin pasar junto a él. Y de quienes se van sin haberlo visto jamás, dicen que en verdad nunca estuvieron aquí.

-Imagino que me lo cruzaré en algún momento, voy a estar dos semanas acá.

-¿Dos semanas? Entonces calculo que nos veremos de nuevo. La próxima vez que nos veamos vas a saber por qué vengo tantas veces al año, ¡todos los años! En vez de ir a cualquier otro lugar….

Pero no hubo próxima vez. Nunca más volví a ver a esa intrigante mujer con el bikini empapado de tantos misterios, los ojos profundos, y que tomaba *champagne* de una manera tan sensual.

-Hijo, la corriente me lleva –dijo y se impulsó hacia adelante con la mano contra el borde de la piscina. El flotador con forma de dona gigante sobre el cual yacía, comenzó a avanzar y girar sobre sí mismo. Al partir, aquella mujer me dedicó unas últimas palabras:

-O me dejo llevar… ¡Lo que tú digas, hijo! –gritó solo para mí. La miré a los ojos por última vez antes de que se subiera del todo los lentes. Ahí radicaba su vejez, en los ojos, por eso los ocultaba. Su mirada destellaba sabiduría. Tenía los ojos muy lejos. Antes de desaparecer, giró la cabeza y me susurró:

-Sí, soy vieja. ¡Pero no olvides que tengo una flor cuidando mi pasado!

Sonrió y se perdió río abajo, quizá en busca de otra presa.

Me pregunté si sería eso acaso lo que me faltaba.

3

DONDE VIVEN ESAS
COSAS QUE ASOMBRAN

Pasé la tarde entera en la piscina y luego subí a la habitación para dormir una pequeña siesta reponedora antes de enfrentar la noche. Mi primera noche en Las Vegas, aquello iba a ser legendario. Apoyé la cabeza sobre la almohada y cuando cerré los ojos se me sucedieron varias imágenes a la velocidad de un flash. Pensé en la señora de la piscina, nunca le había preguntado su nombre. Me imaginé en la *pool party*. Pensé en Kelly, ¿cómo sería? Y también pensé en Rosi.

Hacía tiempo ya que no hablábamos, con los años, simplemente habíamos perdido la costumbre. Ella había rehecho su vida y probablemente yo habría hecho lo mismo con la mía, pero lo cierto es que a veces la extrañaba. Incluso cuando estaba con Zoca. Sobre todo cuando estaba con Zoca. ¿Por qué no estaba Rosi ahí conmigo? ¿Por qué la había dejado ir? ¿Por qué me había ido yo? La culpa me visitaba otra vez, incluso acostado en el piso 28 de un hotel cinco estrellas de súper lujo en Las Vegas. Si tan solo la tragedia no nos hubiese asolado… dos veces, quizá seguiríamos juntos.

No pude dormir pensando en todo aquello, así que después de un par de horas en que fui de la felicidad a la nostalgia, a la culpa, a la soledad y finalmente de nuevo a la felicidad sin moverme de la cama, me di una ducha larga. Me puse la ropa de salir, me afeité, me perfumé, cargué los bolsillos con lo imprescindible y bajé los 28 pisos por el ascensor. Todas las veces era una tortura. Para matar el tiempo me miré al espejo. Compartía el recinto con otras cinco o seis personas pero no estábamos apretados. Dos asiáticos bajitos, gordinflones, y un matrimonio que bien podría haber sido holandés o irlandés, con sus hijos, todos rubios de ojos verdes. Estaba decente, nada mal para mi edad, y me esperaba un *Camaro* rojo estacionado en el garaje, lo que seguro sumaría algunos puntos extra. Mirándome a los ojos en aquel espejo, lo decidí: no permitiría que los fantasmas del pasado me arruinaran aquella noche. Era Las Vegas, la ciudad del pecado, no de los lamentos. No tendría miedo de mí mismo, solo de Kelly.

Apenas giré la llave para prender el motor, sentí cómo la adrenalina me empezaba a correr desde la punta del dedo hasta el resto del cuerpo, ida y vuelta. Las Vegas, con el techo oscuro y todo lo demás iluminado, repleto de colores, incandescente, eufórica, risueña, era otra cosa. Asombraba. La altura de las torres de habitaciones de aquellos hoteles que jamás había visto; las fachadas estrambóticas de los casinos; las monstruosas pantallas *LED* con anuncios de shows de primer nivel; los lagos; los puentes; la Torre Eiffel; los descapotables último modelo y sus excéntricos ocupantes; los personajes estrafalarios que deambulaban por las calles; la música que brotaba de los hoteles y casinos, y el ruido de los motores y las carcajadas; la música de los artistas callejeros, de los bares y restaurantes, y piano bares; la Estatua de la Libertad; un volcán en erupción sobre un inmenso lago; un castillo; las aguas danzantes... todo aquel circo itinerante anclado en el desierto, bajo la atenta custodia de César Augusto. El propio. Nada tenía sentido y eso hacía que todo lo tuviese. Sobredosis de neón, que emborrachaba y me metía dentro de una atmósfera. Frené en un semáforo en rojo y en una esquina se me apareció el mismísimo Elvis. Como no tenía la capota del auto puesta, pude deleitarme unos segundos con su versión de *Always on my mind*. El *cliché* me hizo pensar si aún sería necesario ir a conocer el cartel de bienvenida a Las Vegas para decir que efectivamente había estado en la ciudad. El tipo no se parecía a Elvis ni en su figura ni en su canto, pero no importaba. Un par de chicas lo acompañaban con los coros, divertidas. La gente pasaba y dejaba una moneda o simplemente seguía de largo. Si alguien no estaba de ánimo para Elvis, al lado podía sacarse una foto con la Princesa Leia por la módica suma de 3 dólares. Avancé por la *Strip*, vichoneando a diestra y siniestra. ¿Reconocería a alguna prostituta? Difícil saberlo, allí todas parecían prostitutas y prostitutos. Parecíamos. Quiero decir, podríamos serlo. Avancé un par de cuadras, y en una esquina divisé un curioso grupo de chicas. Cada una vestida de un color diferente. Estaba en Las Vegas, así que puse mi mejor cara de piedra, acerqué el auto al cordón de la vereda y les dije con el brazo derecho apoyado sobre el asiento del acompañante, re canchero:

-Buenas noches, chicas –intenté decirlo como lo dice De Niro en las películas.

-Hola, *darling* –saludaron casi a coro las chicas.

-¿Cómo estás esta noche, nene? –dijo una de ellas, la más linda, la de amarillo.

-Bien, arrancando mi primera noche en Las Vegas.

Las cuatro gritaron alborotadas.

-Así que estás perdiendo tu virginidad, digamos... -dijo otra, la de rosado, y todas le festejaron el doble sentido.

-¡Eso espero! –dije y esta vez nos reímos todos.

Qué bien se pasaba en Las Vegas...

-Mucho gusto, soy Peggy –dijo la más linda, la de verde, y me dio la mano. Se la besé, como un caballero. Luego le siguieron *Romance*, Julie y Nancy. Aquellos nombres...

Peggy había nacido en Texas pero a los 10 años tuvo que abandonar el hogar por causa de un padre golpeador y abusador. Aún conservaba hematomas negros en ciertas partes del cuerpo, que maquillaba con cuidado todas las noches, y entre cliente y cliente. Tenía unas tetas grandes, y su alborotado pelo rubio y sus ojos azules y su sonrisa brillante, me distraían cuando hablaba. Llevaba un vestido azul eléctrico, ¿eran lentejuelas?, y una cartera al tono.

-Si me hubiese quedado en Amarillo probablemente hoy sería una *red neck*. Si sobrevivía... –dijo sin perder la sonrisa.

-Mi segundo marido también es de Texas, pero de Dallas. La pija más gorda que vi en mi vida –contó Nancy, que parecía un poco más veterana pero era igualmente hermosa.

-¡Yo también! –agregó *Romance*, y todas rieron.

Romance era la más joven de las cuatro, también hermosa. No se podía imaginar que había vivido los primeros veinte años de su vida como un hombre. Llegó a aquella ciudad a los 12 años, con nada más que lo puesto, y vivió durante cuatro años en un callejón. Las primeras diez noches, lo violaron. Casi siempre turistas, decía.

-Para ellos, todo lo que existe en Las Vegas es solo una atracción más. Algo que está a su disposición, que pueden usar y descartar. Por eso hay que gozar, bebé... Sin consecuencias

Romance hablaba con un tono melancólico pero seductor a la vez. Tenía una voz grave y dulce.

-G-o-z-a-r... -con cada letra expulsaba una bocanada de humo de tabaco.

-Gozar es tan parecido al amor... -acotó Julie-, y hablando de amor, ¿qué planes tenés para tu primera noche en la ciudad, nene?

Julie no era tan llamativa como las demás, en su delicadeza radicaba su belleza. Tenía un vestido violeta ajustado a su delgado cuerpo, y en realidad no se quedaba con todo el dinero que ganaba. Me lo contó la segunda vez que me fue a visitar al hotel. Julie había nacido en Kosovo pero era albanesa. Se crió en medio de un clima de miseria y violencia, y sus dos padres dieron la vida al *RCK*, el ejército de liberación albano-kosovar.

-Se podría decir que eran terroristas... -contaba de lo más tranquila.

También sin perder el temple me contó que aquella noche que entraron a su casa las fuerzas policiales y se llevaron a sus padres, la violaron. No recuerda cuántos eran ni cuántas veces sucedió. Solo recuerde despertar en un hospital público, llorando del dolor, sola para siempre. Lo cuenta y no se le asome una lágrima. Qué mujer fuerte, pensé. Nunca más volvió a ver a nadie de su familia. Cuando por fin le dieron el alta, aún dolorida, caminó hasta su rancho porque no tenía ni para pagar un boleto. En el camino sangró, y lloró. Cuando se encontró con aquella casa vacía no supo qué hacer. Tenía 10 años. Una vecina se hizo cargo de ella, y cuando cumplió 15 le dijo que si ella así lo deseaba, ya podía comenzar a trabajar. Julie –que en aquel entonces no se llamaba así- aceptó. Durante el verano, viajaba a un balneario cercano, y cobraba el triple. Fue allí que recibió la propuesta que le cambió la vida.

-Ya había sufrido demasiado, era el momento de disfrutar

la vida.

Y se fue con aquel veterano que le propuso un trabajo similar pero en Las Vegas. Desde entonces, no ha habido una sola noche que Julie no estuviese parada en aquella esquina.

-Y esta no es una mala vida –concluyó aquella mañana y luego bajamos y la invité a desayunar.

Fui sincero con las chicas, sin perder el tono canchero.

-No tengo muchos planes, chicas. Así que capaz nos vemos más tarde…

Las chicas me festejaron.

-Salvo que alguna en realidad sea Kelly…

Se alborotaron de nuevo.

-¡Ya te hablaron de Kelly!

-¡Cómo corren los rumores acá, eh!

-¡Es Las Vegas, bebé!

Les pregunté si era cierto todo lo que se decía de ella, y lo confirmaron.

-¿Entonces qué es, es una especie de estafadora, una criminal?

-¡Es un ángel! –gritó Nancy.

-Podría decirse que sí… -contestó Peggy.

-¿Y por qué no va presa entonces? Pensé que la Policía acá era estricta…

-Lo es, pero con las personas comunes y corrientes, como nosotros. Con ella, no.

-¿Por qué? –me estaba empezando a perder de más.

-Porque ella… es especial.

-¿Cómo especial?

-¿Nunca conociste una persona así, especial? –me preguntó Julie.

-Depende en qué sentido de la palabra "especial"…

-¿Vos dirías que yo soy especial? –preguntó Peggy, atrevida.

Pensé que si le decía que no, le estaría diciendo que era normal, ordinaria, y no me pareció algo bueno para decirle a una dama que acababa de conocer. Le dije que sí y todos reímos, dimos el asunto por zanjado.

-Tené cuidado con Kelly, mi amor… -me dijo Nancy cuando nos despedimos- De verdad te puede hacer pasar un muy mal momento.

Por primera vez hablaba seria, y al ser mayor, sus palabras adquirían más peso.

-Pero no entiendo, de verdad, ¿qué es, qué me puede hacer, me puede matar?

-No, no te va a matar. Te puede llegar a robar… Hoy escuché que se estaba haciendo llamar *Dulce nube*, así que nunca te fíes.

Sonaba todo muy disparatado.

-¿Cómo se supone que la reconozca?

-No la vas a reconocer, al menos que ella te deje. Es bueno que sepas que existe, nada más. Esta ciudad está llena de mujeres y hombres hermosos, que vienen acá a pasarla bien, a lo grande, como nunca lo han pasado ni lo volverán a pasar en sus vidas. Que lo único que quieren es dejar de vivir sus vidas por un momento y que los dejes hacer lo que quieran, que no los juzgues. Solo dejarse llevar… y llevar… Eso se siente… ¿podés sentirlo?

Asentí con la cabeza, estaba hipnotizado con aquella mujer. Las otras ya se habían ido y conversaban con otro hombre en otro auto.

-La felicidad te espera a vos también a la vuelta de la esquina. Puedo ser yo, pueden ser las chicas, puede ser lo que quieras. Pero no te olvides que el mal aquí también existe. Puedo ser yo, puede ser Kelly… Después de todo, está en ti, como la felicidad, ¿no?

Volví a asentir. Me pregunté si todos en Las Vegas hablarían con semejante tono de grandilocuencia, con pedantería existencial. ¿Aquella mujer me quería asustar? En realidad, estaba confundido, pero tenía la certeza de que ni bien pisara el acelerador, toda esa perorata de filosofía barata y zapatos de goma quedaría atrás. Despedí a Nancy con una sonrisa y aceleré.

Desfilaron por mis costados el *Mandalay Bay*, el *Luxor* y el *Excalibur*, que parecía Disney por las puntas coloridas de las torres de su castillo. *New York New York*, el *Monte Carlo*. Del otro lado, el *Planet Hollywood*, el *Paris* y el *Bally´s*. Aquellos nombre huecos que leía en los inmensos letreros, ¿qué esconderían? En frente, ocupando toda la manzana, el *Bellagio*. Luego el *Cesars Palace*, el *Mirage*, el *Flamingo*, el *Casino Royale*, , el *Venetian*, el *Palazzo*, el *Treasure Island*. Y en el otro extremo, el *SLS Las Vegas* y, por supuesto, el *Circus Circus*. De todo aquello, apenas me había dado para leer los nombres, y maravillarme con sus gigantescas fachadas. Si quería conocerlos de verdad tendría que hacer el mismo recorrido pero a pie. Eran 6 kilómetros, se podía hacer sin perder el aliento. Doblé por Avenida Sands y estacionó el descapotable. Ya me había sacado las ganas del fetiche, y tendría el auto las demás noches. En ese momento lo que me mataba era la curiosidad por entrar a todos aquellos lugares incandescentes.

No sabía cuál me había llamado más la atención, pero hubo uno que me generó algo especial: *The Venetian Resort Hotel Casino*. Recuerdo que me quedé parado en la vereda un rato, de lejos, solo observando. No me daban los ojos para contemplarlo todo de una vez. Era como estar en la primera fila del cine, o dentro de la pantalla. Aquello era Venecia pero en Las Vegas. Ahí se levantaba, a orillas del bulevar, la Plaza San Marcos. Bordeaba el perímetro un canal artificial, el Gran Canal, con sus góndolas y sus gondoleros con los trajes típicos. El Puente Rialto, iluminado así, lucía más lindo incluso que el original. Con Rosi tenemos una foto en ese punte, dándonos un beso. Sobre aquel pedazo de Venecia a escala casi real, se levantaba inmenso el Campanile. La magia de la ciudad italiana se hacía presente allí. Se podía sentir. Lo único extraño era que del otro lado de la calle, había un lago inmenso con un volcán en erupción, y una cuadra más allá, se levantaba el Arco del Triunfo.

Estaba en aquella ensoñación, absorbiéndolo todo y, debo admitirlo, recordando mucho a Rosi, cuando una chica se me acercó a pedirme fuego. Giré la cabeza para mirarla y me encontré con unos ojos verdes, la cara llena de pecas, abundante maquillaje y el pelo rojo furioso, con la forma de uno de esos raros peinados nuevos. El escote perfecto; el perfume, exquisito, olía como una Dama de la noche. Me devolvió el encendedor, me agradeció en inglés, partió y me la quedé mirando, con el sonido de sus tacos sobre la falsa piedra italiana de fondo. ¿Qué tenía esa mujer de especial? ¿La había visto antes? Imposible. Bajó por unas escaleras, bordeando al Gran Canal. Fue dejando tras su paso una estela de humo de cigarrillo. Lo prendió gracias a mí, pensé. De pronto, lo supe: era Rosi, la Rosi de la que me enamoré. Solo que hablaba en inglés, y era pelirroja, y tenía los ojos verdes… No era nada de eso lo que me había hecho acordar a Rosi, se trataba más bien de algo en su forma de mirar, en su forma de hablar. Tenía un encanto… que tuvo Rosi de los 20 a los 29 años. Resplandecía. A lo lejos, la chica se detuvo, apagó el cigarrillo, y se inmiscuyó en un pasadizo, una puerta que conectaba a no sé qué parte de dónde, y desapareció. Algo que aprendí después, fue que casi todos los hoteles de la *Strip* estaban conectados entre sí por túneles subterráneos, de modo tal que los turistas pudiesen deambular de un casino a otro sin ni siquiera salir a la superficie. Pero antes de perderse, la chica me miró y me sonrió. A pesar de la distancia, lo noté con total claridad. ¿Aquella sonrisa habría sido para mí o para alguien más? Miré a mi alrededor, no había nadie. ¿A dónde se habría ido esa mina? Sentí aquello como una invitación, una invitación que me hacía la ciudad. Fui tras aquella mujer.

4

UNA NOCHE EN VENECIA CON CASSANDRA LANGE

Caminé hasta orillas del Gran Canal y me encontré con varias puertas, gente que entraba y que salía. ¿Por cuál se habría ido aquella Rosi pelirroja? Me asomé a una puerta, y solo vi más gente y un pasillo con más puertas. Era un laberinto. De pronto sonó una campana. Era la góndola que acababa de atracar, y se aprestaba al recambio de pasajeros. Me asomé a otra puerta pero parecía comunicar con un *hall* con baños. ¿Habría ido al baño? Esperé unos minutos a ver si salía pero ni miras. La góndola ya estaba por partir otra vez, quedaban algunos asientos libres. Me asomé disimuladamente al baño de mujeres, era imposible ver nada, así que me di por vencido. Decidí subirme a la góndola y vivir la experiencia veneciana con todas las letras. Era gratis y disponía absolutamente de mi tiempo. La noche en Las Vegas era solo un poco menos calurosa que el día, pero la gente tenía miedo de caerse al agua y le preguntaba todo el tiempo al gondolero si existía peligro de hundimiento… El gondolero emitía como única y polifuncional respuesta, a modo de trova:

-¡Nada va a pasarte! ¡Solo el viento! –y le sonreía a la luna.

Juraría que la chica no estaba en la góndola cuando zarpamos. Yo viajaba sentado en la parte de atrás, así que tenía una visión de la totalidad del barco prácticamente, y estaba seguro de que ella no se encontraba entre los tripulantes. Lo cierto, increíble como suena, es que cuando me tocó el hombro y vi que era ella, casi me caí al agua del susto. ¿La habría traído el viento?

-Perdón, no te quise asustar…

-No, todo bien, perdoná vos, estaba distraído lo que pasa…

-¿Te acordás de mí? Te pedí fuego hace un ratito.

-Sí, me acuerdo… -¿dónde había estado durante esos cinco minutos? ¿Estaría en el barco desde el principio, escondida? ¿Se habría subido y no la había visto pasar? ¿Quizá el barco tenía otro piso?

-¿Me puedo sentar acá o está ocupado?

-Claro, sentate –no podía creer mi suerte.

-Mucho gusto, Cassandra Lange –se presentó.

Le dije mi nombre y nos dimos la mano. Cuando me soltó, preguntó mirándome a los ojos:

-¿Es tu primera noche acá?

-Efectivamente… -¿acaso lo había sentido en mi mano?-. Perdoná, pero sabés que no te había visto en el barco…

-¿No? Estaba ahí atrás, conversando con los muchachos.

Miré adonde señalaba y vi dos tipos más grandes que yo, charlando.

-¿Y qué planes tenés para tu primera noche en Las Vegas? Aparte de olvidarte de los problemas…

Tenía una voz encantadora. Y en sus labios carnosos, las palabras sonaban aun más encantadoras.

-Por ahora, volver a tierra firme –dije y se rió-. ¿Vos qué hacés acá?

Quería sacarme la duda de si era prostituta.

-Lo mismo que vos…

-¿También es tu primera noche?

-Contigo, sí.

No había dudas de que me estaba encarando. ¿Por qué a mí? ¿Por qué así? ¿Cómo había sido todo tan fácil? ¿Funcionaban así las cosas en Las Vegas? A los días descubrí que sí.

-No me vendría mal alguien que me hiciera de guía… –dije para no quedarme atrás.

-¡Perfecto! ¡No se me podía haber ocurrido una idea mejor!

-¿Por dónde empezamos, entonces?

-Por volver a tierra firme –dijo y reímos los dos.

Conversamos sobre trivialidades durante el resto del viaje, que tampoco fue tan largo. Aquella mujer tenía el tipo de belleza que uno esperaba encontrarse en esa ciudad. Era exótica en sus maneras, artificial en general, y su presencia me transmitía calma e intensidad a la vez. Pasamos por debajo de la réplica del Puente Rialto, un gondolero cantaba una serenata iluminado por las lucecitas colgantes, cuya luz se reflejaba en el espejo negro de la superficie del agua. Parecía un cuadro, y yo estaba dentro. Con una preciosa y misteriosa mujer que acababa de conocer. ¿A quién se le habría ocurrido todo aquello? Recrear Venecia ahí, en Nevada, con canales artificiales, solo para hospedar pasajeros.

Cuando llegamos a tierra firme, Cassandra me llevó hasta la entrada principal del hotel, y me sentí un rey entrando a su palacio. A pesar de los japoneses a mi alrededor, que seguramente sentían lo mismo.

-Es el complejo de hoteles más grande de la ciudad. Y del mundo, claro –me iba contando Cassandra mientras caminábamos. Yo ya no la veía a ella, mis ojos se maravillaban bailando de acá para allá, no pudiendo creer casi nada de lo que veían.

Aunque no era algo que se comprendiese solo con los ojos, sino con el cuerpo, con la sangre.

-Fue el más costoso cuando se construyó, a finales de los 90. Estuvo la Sophia Loren y todo… En fin, los 90.

Me tomó del brazo y sentí un cosquilleo. Aquella mujer me hacía sentir todo tan rápido. Disfrutaba mucho de su compañía, aunque me costaba comprenderla. Me hacía acordar a Rosi, y con eso era suficiente. Me maravillaba lo hermosa e inteligente que era. Las frases que decía las pronunciaba con un tono profundo, profético. O al menos recuerdo que en aquel momento las sentí así. Cuando me miraba con esos ojos, y su pelo rojo se encendía con las luces, yo caía en el encanto, como si estuviese ante una diosa griega o una ninfa. Era ese perfume dulce y penetrante, o el vestido. Nos abrazamos y me sentí en los brazos de la Venus de Milo.

-No estás completamente inventada. Te falta algo, te falta amor –me animé a decirle en el bar, cuando los *gin tonic* ya se nos habían subido a la cabeza.

-¿Qué decís, nene? –dijo arrastrando un poco la voz, lo que la hacía aun más seductora.

-Tus besos, tus abrazos. Son los más hermosos que… -no pude completar la frase, pero por lo menos hilvané con otro concepto, para llenar el vacío-. Digo, hace unas horas estaba en mi país y ni en mis mejores sueños pensé encontrarme con una chica como vos, Cassandra… sos… sos…

La besé y le dije que era hermosa.

-Pero a la vez… son tan… fríos.

-¿Fríos?

-No, arden. ¡Me prenden fuego! Pero… no me llenan…

Ya ni si quiera yo mismo sabía lo que decía. Por suerte Cassandra se dio cuenta del divague en el que estábamos y nos rescató.

-¿Sabés a dónde más podemos ir?

-¿A dónde?

-¿Alguna vez estuviste… en la Capilla Sixtina? –en su voz sonó como una propuesta sucia.

-Sí…

-Bueno, podemos revivir ese momento.

Tomábamos *gin tonic* en la terraza de un bar en la Plaza San Marcos, a plena luz del día. El efecto que generaba el techo pintado de celeste claro, y las luces, hacía que de verdad se sintiese de día.

-¿Para qué revivir si podemos vivir de nuevo? –dije para ver qué provocaba en su brillante mente, pero se me escabulló, como siempre.

-Mirate, vos…

-¿Yo qué? –le dije.

-Viajaste de verdad… pasaste sustos. Saltaste la pared, cambiando -¿tenía sentido lo que decía esa mujer? Sonaba como si tuviese todo el sentido del mundo, y fuese yo el que no se lo encontraba.

-¿Entonces?

-No sos el mismo, ¿ves?

No veía. Pagué la cuenta y Cassandra me condujo hasta la Capilla Sixtina. Fuimos de la mano y, quizá fuese el alcohol, pero sentí que me estaba enamorando. Lo más extraño era que también sentía que Cassandra se estaba enamorando de mí. Un amor a primera vista, aunque parecía que nos conociéramos de toda la vida. La Capilla Sixtina resultó ser una especie de galería con arte en el techo, pero no una réplica de la Capilla Sixtina. Igual aquello era impresionante. Fuera, la noche. Dentro, el día. De los dos lados, la libertad. Y tener a Cassandra junto a mí, me hacía sentir más libre todavía.

-¿Sabés qué hay también? ¡Una capilla de bodas!

Recobré la sobriedad de golpe.

-¿No te divierte ver la capilla de bodas? Con un poco de suerte podemos reírnos de algunos borrachos o de algún falso Elvis...

-¿Elvis sustituye a los sacerdotes a nivel global en toda la ciudad? –pregunté y a Cassandra le causó gracia.

-Bueno, está bien, si no querés no perdamos más tiempo acá. ¿Dónde está el descapotable?

No pensaba manejar en aquel estado, pero era solo una calle, toda recta, y los autos iban en la misma dirección, despacio. Tampoco sería demasiado arriesgado. Nos besamos, su cuerpo estaba frío aunque hacía calor y todo en ella parecía arder. Subimos al *Camaro*, encendí el motor y me di cuenta de que tenía dominada la situación. Podía manejar e incluso mirar de reojo lo esplendoroso del entorno. Avanzamos de a poco por la *Strip*, el viento suave y cálido nos acariciaba la cara. Cassandra sacó de debajo del asiento una botella de tequila.

-¿Y eso?

-Tequila, nene –ella estaba más borracha que yo.

-¿De dónde salió?

-De acá... -dijo señalando el suelo.

-Pero no estaba ahí...

-Sí, estaba ahí.

Había dejado el auto sin la capota, pero de todos modos era poco probable que un desconocido hubiese dejado por pura generosidad una botella de tequila debajo del asiento.

-Está cerrada –dijo Cassandra- por ahora.

La abrió, tomó un sorbo y me la pasó. Le dije que prefería esperar a estacionar. No recuerdo cómo se llamaba el sitio al que me quería llevar, pero hacia allí íbamos cuando Cassandra empezó a delirar y decir todo aquel sinsentido.

-Acomodate el jopo, arreglate la camisa, sonreí –no entendía si me estaba dando órdenes o estaba recitando algo de memoria. A veces me miraba, a veces no.

-Actuá orgulloso, yo voy a actuar más orgullosa.

Hablaba de nuevo con ese tono profético, el ruido de fondo de la ciudad y su gente. Le sonreí, estaba borracha y me gustaba lo que decía, me divertía. ¿Estaba cantando? Rosi, cuando tomaba, a veces se ponía igual.

-Vamos a prender fuego Las Vegas, nene –dijo y me besó.

Tomó otro trago de tequila y siguió hablando al vacío, mirando la nada, como repitiendo algo que ya había dicho mil veces.

-Hablá fuerte porque yo voy a hablar fuerte. Vamos a prender fuego Las Vegas, nene.

¿De qué hablaba, era una metáfora o de verdad me estaba proponiendo incendiar la ciudad?

-Sos mi chico y yo soy tu chica, y estoy vestida para matar.

Lo estaba.

-Yo voy a estar bien pero vos vas a estar mejor, nene.

Me hacía bien escuchar aquello, pero no podía distraer la atención del tránsito y del entorno.

-Vamos a mostrarles a todos nuestro nuevo baile, nene. ¡Un baile que nunca antes se ha visto!

¿De qué baile hablaba? ¿Estábamos yendo a una discoteca?

-No importa que piensen que estamos locos, nene. Es solo una manera de actuar. Vos serás loco y yo seré loca, ¡y vamos a llenar el tanque de nafta, y arderemos como el Sol! ¡Vamos a prender fuego Las Vegas, nene!

-Te destruirás, pero yo seré tu destructora. Voy a saltar adentro tuyo, comiéndome de a poco tu orgullo. Estaremos siempre juntos, el uno al lado del otro, por nuestras calles y las otras, nene.

Me estaba asustando. ¿Se había enojado conmigo? A Rosi también a veces el alcohol le pegaba de esa manera. Decía cosas extrañas y terminábamos los dos llorando, peleados pero más juntos que nunca.

-Vamos a tener tiempo para arreglar las cosas, nene. Algo por aquí, algo por allá. Mi cuerpo está bien, pero mi mente a veces se me va... Cuando eso suceda, haz sonar tus dedos, y me tendrás de vuelta contigo, nene. ¡Vamos a hacer todo lo que permita la ley!

Ya no podía seguir manejando. Tenía la cabeza a punto de estallar. Con todos esos pensamientos y esos delirios de Cassandra, y las luces… Empecé a buscar un sitio donde estacionar.

-Mañana volveremos a nacer, ¡pero esta noche vamos a prender fuego Las Vegas, nene!

Se soltó el pelo y el viento hizo que se le fuera hacia atrás. Sus mechas horizontales parecían largas llamaradas rojas que ondulaban desde su cabeza hacia el infinito. La miré a los ojos, los tenía cerrados. Casi choqué por aquella distracción. Me sentía desprotegido, indefenso. Pero nunca me había sentido más acompañado en mi vida.

-Te necesito, nene –me dijo y se me quedó alumbrando con aquellos ojazos que casi me hicieron chocar otra vez-. ¿No ves qué blanca soy? ¿No ves?

Entonces vi.

5

LA PEQUEÑA CAPILLA
DEL OESTE

Mi segunda noche en Las Vegas se iba a tratar de caminar por la *Strip* y dejarme llevar. Solo. Acompañado por una botella de *whisky*. Era lo único que mi estómago podía tolerar luego de la paliza de la noche anterior. No recordaba casi nada de lo que había sucedido. Tenía alguna imagen de Cassandra y yo entrando a un bar y tomando más tequila. Luego, creo que bailamos. En algún sitio. Bailábamos pegados, era ese tipo de música. También recordaba una charla muy extraña que habíamos tenido sentados en un muro junto al *Hotel Mirage*. Habíamos subido a mi habitación, ¿pero cuándo se había ido? Ni rastros de ella en la cama, ¿se había despedido? Cassandra resultó ser una mujer enigmática por demás.

La *Strip* son esos algo más de 6 kilómetros del *Las Vegas Boulevard*, entre *Paradise* y *Winchester*, donde se encuentran los veinte complejos de resorts y casinos más grandes del mundo. Se ubica casi donde termina propiamente la ciudad de Las Vegas, pero es la imagen que todos tenemos en la cabeza cuando pensamos en esta ciudad. Se extiende desde la cuadra anterior a la Avenida Tropicana y termina en Avenida Sahara. Sí, todos los nombres son así por allá.

La segunda noche estaba un poco más fresca que la anterior. Se fue el amor, llegó el invierno, pensé. Prendí un cigarrillo, estaba en el recibidor exterior del *MGM*, a mi izquierda había un castillo. Con estandartes y caballeros. Era el *Excalibur* pero no parecía un hotel o un casino, más bien parecía un castillo de un cuento de hadas, a escala real. A su lado, el *Luxor*, que como estaba ambientado en el antiguo Egipto tenía forma de pirámide, lo normal.

Aun más atrás, se encontraba el tristemente célebre *Mandalay bay*. Y luego, sobre el mismo lado de la calle, la Estatua de la Libertad. Era la insignia del *Hotel Casino New York-New York*. Luego el *Park*, el *Monte Carlo*. En frente, el *Planet Hollywood* con una pantalla de *LED* curva groseramente grande, y pegado, el *Hotel Casino Paris*. Una réplica a mitad de escala de la Torre Eiffel original daba la bienvenida. Detrás, un globo aerostático inmenso, todo de neón, que suponía un guiño a los hermanos franceses que lo inventaron. Tampoco podía faltar el Arco del Triunfo, y una representación de la Plaza de la Concordia. Todo eso era *pour la galerie*, la fachada propiamente del hotel era una copia exacta de la Ópera Garnier, probablemente el edificio más hermoso del mundo. Otro edificio del complejo imitaba al *Museo del Louvre*. Igual o más iluminado que en la propia Ciudad Luz. De verdad se sentía como estar en una París de muñecas. Lo era. Y lo mejor de todo: se podía entrar a todos aquellos lugares.

Seguí caminando. Cuando levantaba la cabeza para mirar la cima de los edificios, los pies se me iban involuntariamente hacia la puerta de entrada, pero luego me convencía a mí mismo de que no lo hiciera, ya tendría tiempo de entrar a cada uno de ellos, pero primero quería recorrer, pasear, conocer.

Nada que yo hubiese visto antes me había producido aquel impacto. Caminar por ese bulevar era de por sí como vivir un cuento de hadas, posmoderno. Me encontré con el *Ballys*, y más pantallas. Pensé si aquella incandescencia podría ser perjudicial para los ojos. El *Cosmopolitan*, y del otro lado de la calle, en el espacio que ocupaban estos tres complejos hoteleros, el majestuoso *Bellagio*. Ahí sí uno piensa que ya lo ha visto todo, que el pasaje valió la pena. El edificio de habitaciones del *Bellagio*, con forma de abanico, gigantesco, descansaba sobre un lago artificial casi del tamaño de toda la cuadra. Contemplar aquello desconcertaba. En Las Vegas: de un lado, París; del otro, el *Lago de Como*. De ambos lados, los hoteles y casinos más lujosos del mundo. ¿Aquello era real? ¿Aquello había estado allí desde hacía mucho tiempo? De alguna manera, fue como descubrir vida extraterrestre. Pero no me dejaba engañar, aquello estaba construido para gustar. Y a mí no me gustaban las cosas que se hacían para gustar. De pronto, comenzó a sonar una hermosa música instrumental a todo volumen, y unos chorros de agua comenzaron a danzar en medio de aquel lago. Altísimos, coordinados, iluminados con luces de todos los colores. Cuánta belleza, pensé. Y también pensé que aquello sucedía allí todas las noches, siempre, desde hacía vaya a saber uno cuánto tiempo. Otro cartel anunciaba otro show exclusivo y permanente del *Crique du Soleil*. En este caso, era el espectáculo "O".

Cuando llegué al *Caesars Palace* ya había desbordado mi capacidad de asombro. Este era el único complejo del que había oído algo alguna vez, en alguna serie o en alguna película. Pegado, estaba el *Mirage*, ambientado en la Polinesia. Esto quería decir, por ejemplo, que había una enorme piscina que representaba el mar celeste justo a la entrada del hotel, donde un colosal volcán artificial echaba lava por las noches. La cuadra la completaba el *Treasure Island.*

Del lado de enfrente, había otros siete resorts y casinos de extra lujo. Ahí mismo estaba el *Venetian*, que tantos recuerdos me trajo de la noche anterior. ¿Cuándo había subido Cassandra a la góndola? El mítico *Flamingo*, un verdadero estallido de neón rosado. Otro mítico, el *Casino Royale*, y al final de la cuadra, *The Palazzo.* Para entrar en él había que atravesar un sendero con techo de cristal, sobre el cual caía el agua que emanaba de una enorme fuente, y alcanzaba los dos metros de altura, para inundar luego con violencia la superficie sobre nuestras cabezas. Aquello parecía obra de Moisés.

El *Wynn*, que quedaba enfrente del *Fashion Show Moll*, no quería ser menos y saludaba con sus piscinas e islotes. Sobre la Avenida Sahara, justo al final de la *Strip*, había un hotel con temática árabe, el *SLS* –una de las "s" era por "Sahara"-. Del otro lado del bulevar, el maravilloso *Cirus Circus*, con sus fajas sin fin de luces *LED* que me hicieron sentir dentro de un videojuego. Llegué a la Torre Estratósfera, justo donde terminaba la *Strip*, y me senté en el cordón a recuperar un poco el aliento. Prendí un pucho y tomé un trago de *whisky*. Aquello era mucho más de lo que había imaginado.

¿Pero por qué estaba ahí? No era nada agradable lo que me había obligado a viajar hasta Las Vegas. Más bien, era una situación complicada que debía solucionar cuanto antes. Necesitaba hablar con mi hermano, pero todavía faltaban unos días. Algo le había comentado a Cassandra la noche anterior, sentados en un banco de hierro, observando las aguas danzantes del *Bellagio*. Ella había sido muy comprensiva conmigo, me había dicho que estaba haciendo lo correcto. También recordé sentirme particularmente indefenso. Y Cassandra fue la mejor compañía que pude tener. ¿Por qué había desaparecido así, sin dejar rastros, sin siquiera despedirse? En ese momento lo recordé con absoluta claridad: esa noche nos íbamos a casar.

En aquella misma charla frente al *Bellagio*, no sé cómo había salido el tema del amor, y uno de los dos propuso que nos casáramos. Lo habíamos dejado para la noche siguiente, fuimos prudentes, dentro de todo. Habíamos quedado en encontrarnos en la capilla aquella misma noche hacía exactamente veinte minutos. Me sentí un idiota, ¿cómo podía haber olvidado algo así? ¿O lo estaba imaginando? De todos modos, me sentí tan desilusionado conmigo mismo por ni siquiera saber si aquello era real o producto de mi imaginación, que comencé a caminar apurado en dirección a *The Little Church of the West*. Era la de la película, sí, y quedaba justo detrás de mi hotel, en la otra punta de la *Strip*. No me casaría con Cassandra, de ninguna manera, pero si habíamos quedado en vernos allí, tenía que ir.

Podría haber tomado un taxi pero a la velocidad que avanzaba el tránsito por *Las Vegas Boulevard* a esa hora sería lo mismo que ir a pie. De todos modos, ya había pasado demasiado tiempo, si Cassandra hubiese ido, seguramente ya se habría marchado. Pero no me detendría hasta llegar a la capilla.

Atravesé ese bulevar que tanto me había maravillado antes, sin quitar la vista del frente. Lo único que me interesaba era avanzar y llegar a la capilla. Lo hice más de media hora después, agotado. La capilla era realmente hermosa, pequeña como su nombre anunciaba. Toda de madera, muy sencilla. Sin embargo, tres limusinas estacionadas en la puerta, y los enjambres de turistas, le otorgaban un *toque Las Vegas*.

Ni rastros de Cassandra. Entré a la capilla y pregunté en la recepción si habían visto a una mujer con aquellas características, pero no recordaban a ninguna pelirroja en lo que iba de la noche. ¿Lo habría inventado todo yo? De ninguna manera, podía recordar con precisión aquella charla, habíamos quedado en eso. Me fijé en los carteles en la pared de la recepción, que anunciaban los paquetes a los que se podía acceder.

Había tres tipos de bodas, todas incluían a Elvis como cura y cantando dos canciones, pero se diferenciaban si los novios deseaban además *champagne* y alfombra roja, o una limusina que los pasara a buscar.

Salí a la calle de nuevo, necesitaba aclarar mis pensamientos. ¿Qué estaba haciendo? ¿Había andado 6 kilómetros para algo que solo había existido en mi cabeza? A pesar de mí mismo, todo hacía indicar que sí.

Un Elvis, otro Elvis, salió de la capilla. Este también iba vestido de blanco, como casi todos los que había visto antes en aquella ciudad, pero su atuendo era más trabajado. Cargaba la guitarra al hombro. Se lo veía agotado y, aunque no estaba en forma, bien podría ser el Elvis de los *malos días*. Se me acercó a pedirme un cigarrillo.

-¿Quién le puede negar un cigarrillo a Elvis? –dije y se lo di.

-Amén –dijo y lo encendió. Exhaló el humo. Aproveché y le pregunté si había visto a Cassandra.

-Suena como una chica a la que recordaría… ¿Te dejó plantado en el altar?

-Más o menos… -contesté-. La conocí ayer…

Elvis se rió de mí.

-¡Mejor entonces! No será tanto drama, me imagino… Te digo, no quiero saber nada con la miseria del mundo, hoy.

Lo miré, tenía un aire altanero. Quizá era parte del personaje. Parecía borracho.

-Me imagino que en Las Vegas lidiarás constantemente con la miseria…

Volvió a reír y estuvo de acuerdo.

-¿Y cómo es el tema acá? ¿Vos casás a la gente?

-De día…

-¿Y el casamiento tiene valor?

-¡Por supuesto! ¿Quién gastaría 700 dólares en una boda que no tiene valor?

Casi todos los millonarios que vienen acá, pensé.

-Si querés, te la puedo chupar por 100 dólares… -ofreció Elvis de la nada.

Me lo quedé mirando, probablemente mal, porque antes de que pudiese responder algo, se encogió de hombros e hizo otra propuesta, más accesible.

-Por 20 te puedo cantar una canción…

-¿Por 20 dólares?

-Dos canciones…

-¿Dos canciones por 20 dólares?

Estaba dispuesto a pagar por escuchar a Elvis cantar una canción, pero tampoco me iba a dejar estafar por un *taxiboy*.

-Por menos de 20 dólares no voy a seguir perdiendo el tiempo acá charlando contigo… -Elvis era directo, no me sorprendía.

-Ya te di un cigarro, podrías por lo menos cantar una canción… y que no sea *Viva Las Vegas*, por favor.

Se puso la guitarra de frente, con mala gana, y sin soltar el cigarrillo comenzó a tocar. Hizo una pausa, me miró a los ojos, y susurró, antes de empezar la canción:

-Yo sé que algunos piensan que soy mixto, pero yo tengo personalidad.

Comenzó a cantar *Are you lonesome tonight?* Los primeros acordes me teletransportaron, olvidé que el tipo que cantaba me acababa de ofrecer sexo oral a cambio de plata, y me dejé llevar por la dulzura de su voz. Si hacía aquello tan bien como cantaba, quizá valdría la pena pagar los 100 dólares. Cerré los ojos y pensé en Rosi. ¿Se sentiría sola esa noche, en su casa con su marido y con sus hijos? Terminó de cantar y, aunque estaba conmovido, no aplaudí.

-Elvis, ¿me podés contestar una pregunta gratis?

No respondió y supuse que de esa manera me estaba habilitando.

-¿Estás vivo de verdad?

El tipo rió.

-Muy original… Si está vivo, yo nunca lo he visto.

Giró sobre sí mismo, como para emprender la retirada, pero se volvió y me dijo:

-Yo me hago el muerto para ver quién me llora, para ver quién me ha usado –lo decía con el mismo tono elvisiano con el que cantaba-. Yo me hago el muerto para ver quién me llama, para ver quién me llora.

¿Estaba hablando de sí mismo o de Elvis?

-Y si el teléfono no suena en el medio de una reunión privada –hizo el gesto del teléfono con la mano- es que la cinta está cansada de escuchar siempre las mismas pelotudas pavadas.

Reí, me dio gracia el *acting*.

-Y el amor espera.

Se despidió en español, con un ¡*Chau!* y mientras se perdía en la noche, gritó:

-*God loves you. Always has, always will!*

Nunca creí en dios, pero fue agradable escuchar que alguien me amaría por siempre. Después de todo, aquel Elvis religioso y sexual me cayó bien. Sus palabras me quedarían grabadas a fuego durante el resto de mi estadía. Incluso hasta hoy. Como si se tratase de una especie de profecía, o de un epitafio.

6

MI PRIMER HIJO

Al final de la Avenida Tropicana había un cartel que siempre me llamaba la atención. La parafernalia no dejaba de sorprenderme a cada paso, aunque ya era mi tercera noche en la ciudad, y me tomaba las cosas con más calma. Dos peces grises, con brazos y piernas, se tomaban de las manos y sonreían. Uno de ellos llevaba un sombrero blanco de marinero. El otro, o la otra, tenía los labios pintados de rojo. Sobre ellos, se leía una frase en inglés. *Somos como peces que están fuera del mar, fuimos tantas veces hacia el mismo lugar.* Pegada a ese cartel había una flecha roja luminosa que señalaba el lugar: un *fish and chips*. No tenía hambre, y los planes para esa noche eran tirar unas fichas en el casino del *Bellagio*, quizá también en el *Flamingo*, y terminar en el *Caesars Palace*. Dejaba el *Paris* para la noche siguiente, aunque cada vez que pasaba junto a la Torre Eiffel me moría de ganas de entrar.

Me quedé un rato observando las aguas danzantes sobre el falso *Lago de Como*. Aquello era insólitamente gigante, la ostentación por la ostentación. Un sin sentido. Pero si no existía eso allí, ¿dónde? Me alegraba de haberlo conocido.

Con Rosi también habíamos visitado aquella localidad, Bellagio, una tarde que nos escapamos de Milán. Ese viaje también había sido una huída, en aquel caso huíamos de la tragedia. Habíamos perdido a nuestro primer hijo pocos meses atrás, y cuando Rosi estuvo repuesta física y anímicamente, nos escapamos dos semanas a Italia y a Francia.

Éramos unos niños, teníamos veintipocos años. Rosi había quedado embarazada con 19, yo también tenía 19. Éramos novios desde los 15, cuando yo estaba arreglado con Peperina. Con Rosi fue diferente desde el primer momento. Cuando llegó al liceo, en segundo año, fue amor a primera vista. Para mí y para todos los demás. Peperina sabía de la existencia de Rosi, estábamos todos en la misma clase, pero no era consciente del peligro que representaba para nuestra relación. Conmigo Rosi era más demostrativa que con los demás, quizá porque sabía que yo estaba de novio, y eso me hacía *a priori* más inofensivo. De mi parte, al pasar tanto rato con ella, y pensar tanto en ella, era consciente de que me metía en un camino sin retorno. Pero seguí caminando.

La tarde que nos dimos el primer beso, escondidos detrás de un monumento en una plaza, supimos que no nos separaríamos jamás. Le expliqué la situación a Peperina… a medias, y después de un tiempo en que no me habló, de un día para el otro me volvió a hablar. Rosi y yo crecimos a la par como personas y como pareja. No fue fácil, pero lo hicimos con alegría. Éramos adolescentes, y tomamos cada aprendizaje como un cuchillo de dos puntas.

Aquel hijo no era una circunstancia que hubiésemos buscado. A esa altura de la vida, lo único que yo buscaba, de vez en cuando, era a mí mismo. Sin embargo, Rosi me lo había contado ilusionada. Estábamos en su habitación, en la casa de sus padres, escuchando música. Un concierto en vivo de Músico en el Luna Park de Buenos Aires.

-No sé cómo decirte esto…

-Dale, Rosi, dejá de dar vueltas, ¿qué pasa?

-Perdón, es que es algo… importante.

-¿Te gusta otro?

-No… -terminó una canción, y se empezaron a escuchar los aplausos del público-. Estoy embarazada.

El público calló y hubo silencio en toda la habitación.

-¿Cómo embarazada? –dije sin pensar.

-Embarazada. Me hice un test y me dio positivo, fui a la ginecóloga y me dijo que estoy embarazada. Estoy embarazada.

No supe qué decir, no era una noticia que esperara. Quise saber cómo había sucedido, más bien cuándo.

-Pero… ¿vos no estabas tomando pastillas?

-Sí…

-¿Entonces?

-No sé, pasó. No estás contento por lo que veo…

Si no averiguaba en ese momento toda la verdad sobre aquel asunto, no tendría derecho a hacerlo nunca más. Y no lo hice.

-Sí… No sé si contento es la palabra… Estoy… sorprendido. Me acabo de enterar…

-Sí, ya sé mi amor… -se le llenaron los ojos de lágrimas, y atinó a abrazarme pero se detuvo justo a tiempo. Como si la expresión de mi rostro o mi lenguaje corporal le hubiesen dado a entender que no corresponderían su abrazo.

-¿Vos estás contenta?

Sonrió.

-Sí… no sé, es raro. No sé si era lo que necesitábamos justo ahora pero…

-¡Exacto, amor! Es eso mismo.

Me quedó mirando. Iba a decir algo más pero yo la había interrumpido.

-Vos pensás que no es el mejor momento…

-No tenemos ni veinte años, Rosi… -quería ser sensato, que ella fuese sensata.

Bajó la mirada, sabía que en algún punto yo tenía razón.

-No sé, me imaginé haciendo pila de cosas los próximos años que no sé si se pueden hacer con un hijo… ¿entendés lo que te digo?

-No querés tenerlo porque es conmigo, ¿no?

-No, Rosi, qué decís… -siempre hacía lo mismo, se tomaba como personales las cuestiones que no eran personales. Sería que mi forma de decirlo la confundía o tan solo que no me lograba expresar bien.

-¿Tenés miedo?

-Tengo ganas de vivir un poco más…

-Perfecto. Entonces, ¿qué hacemos? ¿Aborto?

No podía emitir un juicio cinco minutos después de haberme enterarme de la noticia. Ni le diría a Rosi qué hacer con su cuerpo.

-No sé… llegado el caso, ¿estarías dispuesta a hacerlo? —me costó hacerle esa pregunta, sentí una carga pesada en cada palabra, que se incrementaba durante el rato que no contestaba. Finalmente lo hizo.

-Obvio…

Intenté no exteriorizar la tranquilidad que sentí, pero su respuesta me alivió. Luego agregó:

-Esa no es la pregunta…

En ocasiones, cuando discutíamos o intercambiábamos puntos de vista sobre algún tema, los dos nos acalorábamos, y más que llegar a un acuerdo, parecía que queríamos destruirnos mutuamente. Llegaba un punto en que sentía que tenía a Rosi a punto de convencer. Ella se quedaba callada, miraba el suelo, parecía tan vulnerable… Y ahí sacaba el as bajo su manga. Y lo hacía con tanta sutileza, con tanta sobriedad, que yo no podía más aceptar la derrota en silencio.

-La pregunta es si abortaría un embarazo que es fruto del amor… con una persona con la que estoy de novia hace cuatro años… Un pibe que desde el primer momento que vi, sentí que iba a ser el hombre de mi vida…

¿Qué podía decir yo después de aquello?

-No tenemos ni 20 años, Rosi…

-¿Esa es tu respuesta?

-¿A qué? –me desorientaba con cada giro, ya no era capaz de pensar, contestaba con el piloto automático porque Rosi no me daba tiempo a razonar.

-Si dependiese solamente de vos, ¿abortarías?

La miré y supe lo que no debía decir.

-No depende solamente de mí, ¿vos qué harías?

-¿Si abortaría?

-Sí.

-Yo pregunté primero.

-Yo me enteré hace diez minutos, Rosi. ¿En serio pretendés que te dé una respuesta seria, meditada, sincera… ¿ahora? ¿Ya? ¿En este momento? ¿Lo puedo procesar? ¿Puedo hablarlo con alguien? ¿Me puedo fumar un cigarro, por lo menos? –yo también tenía mis cartas.

-Sí, podés…

-Gracias.

Me arrimé a la ventana del cuarto y prendí un cigarrillo. Rosi me dejó fumar unas pitadas en silencio, ni me miraba. Pensé en mí mismo, dentro de todo, lo estaba manejando bastante bien.

Era un disparate imaginar que yo podía ser padre, pero lo importante era no tomar decisiones apresuradas. No quería que Rosi abortara, y mucho menos un hijo mío, pero tampoco deseaba ser padre todavía, eso lo tenía claro. Se me pasaron por la cabeza los viajes que no había hecho, a Ibiza, a Vietnam, el safari en África. Me di cuenta de que en menos de nueve meses tendría una criatura entre mis brazos, a la que estaría atado hasta el resto de mis días. Y lo peor de todo, tendría que enseñarle cómo era aquello de la vida, yo, que todavía no sabía nada. Como una consecuencia extraña, aquella circunstancia me hizo desenamorarme un poco de Rosi. Los días siguientes la vi más lejana, como parada en la vereda opuesta.

Pero allí, fumando junto a la ventana, observando el cielo gris y las nubes pesadas, negras, supe que la forma en la que afrontase aquel asunto definiría la forma en la que afrontase las cosas el resto de mi vida. El problema era que todavía me sentía incapaz de discernir el camino correcto del incorrecto.

Le pregunté algunas cuestiones tontas como para aliviar la tensión. Me dijo que tenía nauseas y que se sentía extraña, aunque no me podía describir cómo. Le pregunté si le había contado a alguien y me dijo que no. Había ido a la ginecóloga con Tamara, la única amiga que estaba al tanto de la novedad. A Tamara también le parecía un viaje, me contó Rosi, pero la apoyaría tomase la decisión que tomase.

-Buena onda, Tamara –dije por decir.

Terminé el cigarrillo y Rosi se puso de pie.

-Bueno, hablalo con quien lo tengas que hablar, consultalo con la almohada, con el colchón, con quien quieras. Meditalo, pensalo… -no sabía si me hablaba en serio o me estaba tomando el pelo-… y cuando tengas una idea más o menos de si estás para hacerte cargo de un hijo o no, me decís, ¿ta?

Me la quedé mirando. No había dudas: me estaba tomando el pelo.

-Sí... -dije y la saludé con un beso en la boca que aceptó de mala gana.

Me acompañó hasta la puerta, no nos volvimos a saludar, y cuando me iba me dijo:

-¡Y no!

Giré, la miré.

-¿Lo qué?

-Y mi respuesta es no.

-Tu respuesta a...

-A si abortaría este hijo nuestro que tengo en la panza -de nuevo hablaba como tomándome el pelo. Quizá era su forma de disfrazar otros sentimientos-. Mi respuesta es no, no lo abortaría. Chau.

Volví a casa caminando. Eran unas quince cuadras, pero fui por un camino más largo, quería hacer tiempo, despejar la cabeza. Sentía que el cerebro me iba a explotar, me dolía. Quería llegar a casa y darme una ducha caliente y tomar ibuprofeno y tirarme en la cama a dormir hasta nunca jamás, pero también quería aprovechar el viento en la cara y el frío y el movimiento del caminar para ver si se me caiga alguna idea, si podía ordenar el puzzle que tenía dentro. El corazón me latía a mil. No era la idea de ser padre lo que me angustiaba sino lo repentino de todo aquel asunto. Tenía 19 años, no estaba socialmente preparado aún para tener un hijo, una responsabilidad. Y Rosi, tampoco. Teníamos mucha vida por vivir. Pero por otro lado, Rosi no parecía dispuesta a interceder con los planes del destino. ¿A caso era yo el que estaba equivocado, y aquello no era más que una consecuencia natural de nuestro amor? Pues entonces la vida iba a ser otra cosa.

Después de la ducha, me acosté en la cama y me quedé mirando el techo. ¿Qué debía hacer? ¿Si me durmiera una siesta, quizá despertase con la respuesta?, pensé. ¿Y si en realidad no fuese todo aquello más que un extraño sueño del que pronto despertaría? No podía hablar con mi padre porque acababa de morir, y mi madre nos había dejado hacía ya tiempo. No sabía cómo planteárselos a mis amigos... además, qué podían saber, eran guachos de 19 años, igual que yo. Decidí hablar con mi hermano. No estaba en la casa, pero cuando llegara. Lo hizo casi a la medianoche.

-Alberto, tengo que contarte una cosa...

-¿Qué cagada te mandaste, pendejo? –mi hermano era así, no lo culpaba. La vida había sido dura con nosotros.

-Rosi, mi novia, está embarazada.

-Ah, bue... No sabía que te tenía que explicar el tema del forro y todo lo demás...

-Rosi toma pastillas.

-¿Cómo toma pastillas? ¿Y quedó embarazada?

-Sí, no sé.

-¿Está segura?

-Sí, fue a la ginecóloga...

-Qué viaje, hermanito... ¿De cuánto está?

-No sé...

-¿Cómo que no sabés?

-No le pregunté...

Se me quedó mirando.

-¿Qué onda? ¿No te copa mucho la idea?

-A ella sí.

-¿Mucho?

-Bastante.

-Mucho más que a vos...

-Bastante.

-Bien.

De nuevo se me quedó mirando, pero no lo hacía como juzgando sino más bien como si por fin yo estuviese a su nivel. Como a un igual.

-¿Y entonces?

-¿Entonces qué?

-¿Qué querés hablar conmigo? ¿O era esto, me querías contar nomás?

Siempre que conversaba con mi hermano más de un minuto sobre cualquier asunto relativamente profundo, él se las ingeniaba para dar la charla por terminada. Era más grande que yo, había vivido la vida, y sus escuetas respuestas que para él no significaban nada, yo las tomaba como verdades universales que no olvidaba jamás. Como cuando me hizo escuchar el *MTV Unplugged* de Músico. Apagó todas las luces del living, prendió la estufa a leña, me dijo que me acostara en el sillón, puso *play, se fue* y volvió cuando terminó la última canción del disco. Aquello había sido una experiencia mística, iniciática.

-Te quería contar nomás… -a veces sentía que lo ofendía si le exigía más.

-Bueno, vamo arriba.

Se empezó a ir pero le dije:

-Te quería contar que decidí tenerlo.

Se detuvo. Giró sobre sí mismo, sonrió, asintió con la cabeza y luego dijo:

-Muy valiente…

Sus palabras, lejos de inspirarme coraje, me infundieron temor.

-¿Te parece que estoy haciendo lo correcto?

-No hay correcto o incorrecto…

-¿Vos qué harías?

-No sé, cuando me pase, veré.

Era mi hermano mayor, podía decirme tantas cosas, aconsejarme de tantas maneras… y sin embargo, me debía conformar con aquellos conceptos ambiguos, en el mejor de los casos. Vacíos, retóricos.

-Por favor, hermano, devolveme una… ¿Te parece que está bien lo que estoy haciendo?

-Me parece valiente, ya te dije.

Pensé que me tenía que conformar con eso, pero por suerte esta vez hubo un poco más.

-Y la valentía es una cualidad que todo el mundo quiere tener, que todo el mundo admira en los demás. Y si la usás bien, te puede llevar a grandes cosas…

-¿Por qué es menos valiente abortar?

-Porque tenés más chances de que todo salga mal.

-Entonces no es ser más valiente, es ser más arriesgado.

Se dio media vuelta y comenzó a irse de nuevo, pero esta vez fue él quien se dio vuelta *motu proprio*.

-¿Qué le dijiste a la gurisa?

-Que necesitaba pensar.

-Pensalo –dijo y se fue por fin.

Pasaron tres días en los que no tuve noticias de Rosi. Lo entendí de su parte como una manera de darme tiempo, espacio para pensar, como le había pedido. Era muy generoso el no apurarme para que le diera una respuesta, pero yo tampoco podía abusar de su paciencia. Además, por más vueltas que le había dado al asunto, siempre terminaba igual de perdido. Así que un día la llamé por teléfono y le dije para vernos. Me preguntó dónde y quedamos en un café.

-¿Cómo estás?

-Bien, ¿vos? –dije y luego le miré la panza.

-Bien… Ando con un poco de gastritis creo, nada que ver, pero me siento un poco mal a veces. Mañana tengo ginecóloga y voy a aprovechar a preguntarle a ella o veo ahí un médico…

-¿Tanto te duele?

-No, pero no sé, por las dudas. Bueno, ¿y?

Rosi quería ir al grano. Yo esperaba una charla más extensa, pero acepté sus condiciones.

-¿Y qué?

-Y qué de qué pensaste… ¿qué va a ser?

Me terminé el café de un sorbo, para hacer tiempo y buscar las palabras correctas. Después me limpié los labios con una servilleta y hablé por fin.

-Que si vos estás preparada para que seamos padres, amor… ¡seamos padres!

No lo dije con entusiasmo pero sí con énfasis. A Rosi le gustó lo que escuchó y nos besamos allí mismo sobre la mesa del café. Sin darme cuenta, había tomado la decisión más importante de mi vida. Había sido valiente. Rosi estaba contenta. ¿Lo estaba yo?

El embarazo avanzó, no sin complicaciones. Dentro y fuera del vientre de Rosi. Yo seguía atormentado por la idea de la paternidad. Cada día que pasaba sentía que la soga que tenía en el cuello se apretaba un poco más. Rosi, en cambio, fue la mujer más feliz del mundo. Ni siquiera cuando tuvo que hacer reposo por dos semanas dejó de sonreír. Había tenido pérdidas, y los médicos ya nos habían dicho que se trataba de un embarazo riesgoso, pero estaba controlado, y eso era bueno, dijeron. Los padres de Rosi parecían contentos con la idea de ser abuelos, y a nuestros amigos les divertía la novelería de tener una criatura dando vueltas, como una mascota. El plan era que cuando naciera el niño me fuera a vivir a la casa de los padres de Rosi, al menos por un tiempo. Incluso habían adaptado una de las habitaciones para que fuese el cuarto del bebé.

Una noche, antes de que Alberto llegara a la casa, consideré por primera vez la opción de escapar. El asunto era, ¿a dónde? Lo primero que pensé fue en Buenos Aires, pero imaginé que me deprimiría en todo aquel cemento y tráfico. Si iba a desaparecer, por lo menos que fuese en un lugar donde estar mejor, en paz. Empecé a buscar pasajes de avión, destinos, hoteles. Lo que fuese para esa misma noche. No había casi nada, lo más pronto era un vuelo nocturno a Río de Janeiro, a las 23:40, y no lo dudé. Armé una valija rápida, redacté una breve nota a mi hermano –lo básico, para que no se preocupara por mí-, cargué el auto y conduje hasta el aeropuerto. ¿Qué estaba haciendo? ¿Tenía sentido? ¿De qué manera aquella solución podía funcionar? No tenía ni pies ni cabeza, pero en algún punto del alma se sentía bien, liberador. Tenía 19 años. Era contradictorio. Huir de esa manera sin que nadie lo supiese, sin dejar casi rastro, ¿era más valiente o menos valiente? ¿Qué pensaría mi hermano, lo defraudaría? Estaría una semana en Río de Janeiro, mortificándome, siendo un alma en pena, acobardado. ¿Y después qué?

Dejé el auto en el estacionamiento del aeropuerto, descargué la valija y comencé a caminar hacia la puerta de entrada de la terminal. Cuando estaba por llegar, me sonó el celular. Era el padre de Rosi. Su hija estaba internada.

7

CAESARS PALACE

La traducción literal de *"Caesars Palace"* es "El Palacio de los César", y no "El Palacio del César" como se podría traducir a primer golpe de vista. Y tiene una explicación.

-El fundador le puso ese nombre porque quería que los huéspedes de su hotel se sintiesen como emperadores en su palacio.

Me quedé mirando al tipo. Estaba en la misma mesa de ruleta que yo, tendría sesenta y tantos, y fumaba un *Cohiba Siglo V*. Me hablaba a mí pero en realidad yo casi ni lo miraba. Le hablaba al aire, todos en la mesa podían escucharlo. Sin embargo, nadie parecía hacerlo. El típico pesado. Como todo aquello todavía era nuevo para mí, me pareció pintoresco. De vez en cuando le daba para adelante al pesado, le festejaba las ocurrencias, y quizá por eso me veía como un cómplice. Yo estaba muy concentrado en mi juego, esperaba tener la misma suerte que la noche anterior, después del casamiento fallido con Cassandra, y el encuentro con el Elvis *taxiboy*. Era martes pero no importaba, en Las Vegas todos los días eran sábado. Negro el 11, semipleno adentro.

-Otros dicen que, en realidad, el motel con casino que estaba acá, recibía un público masculino casi exclusivamente… -seguía hablando de aquello-. Viciosos, ya saben. Y cuando comenzó la primera etapa de remodelación, el dueño quería atraer también al público femenino. No amas de casa, ni señoras de tal. Querían a las señoras y señoritas, solteras, divorciadas o viudas, dispuestas a disfrutar de una noche en la incipiente Ciudad del Pecado. Un sitio llamado "El Palacio de los César", de alguna manera, atraería y seduciría a ese tipo de público.

Una señora canosa de rulos lo miró ofendida. El pesado siguió:
-Eran los 60… –terminó y rió, a modo de conclusión.

Me dio algo de lástima. Le sonreí y se alegró. No sé cuán verídico sería todo aquel cuento, pero cualquiera de las dos historias explicaba la colosal réplica del *Augusto de Prima Porta* -de más de seis metros de altura- justo a la entrada del hotel. Dando la bienvenida y custodiando las seis torres de habitaciones que completaban el complejo 5 estrellas de súper lujo.

-¡31!

Nunca le jugaba a esos números. Después salió el 33, lo entendí como una señal de que debía levantarme de la mesa. Abandonado por la fortuna y harto de mi compañero, lo hice.

-Evel Knievel, el hijo de Robbie Knievel, hizo la hazaña que su padre no pudo concretar años atrás. Saltó sobre la fuente del hotel, en motocicleta. *Amazing…*

Salí del salón de ruletas y caminé por un corredor donde distintos escaparates anunciaban shows para esa noche en el hotel. Sting, por ejemplo, tocaba en el "Coliseo", un anfiteatro con capacidad para 4.000 espectadores. Jerry Seinfeld tenía su noche de *stand-up* todos los martes del año en un teatro más pequeño.

Un fabuloso afiche del espectáculo del *Cirque du Soelil*. Caminé y caminé, perdí la cuenta de cuántos bares y pubs encontré, todos con estilos diferentes. El piso, las paredes, los techos… era todo majestuosos, enorme, digno de un emperador. Había enormes columnas romanas distribuidas antojadizamente por los pasillos y *halls*, y también había estatuas de deidades y héroes de la mitología romana. Recuerdo una réplica de tamaño real del *David* de Miguel Ángel. Como el de la Intendencia, pero dentro de un paseo de compras de un hotel en medio del desierto. Aunque no entré a ninguna, me impresionó el nivel de las tiendas y boutiques que allí había. *Louis Vuitton, Versace, Armani, Valentino, Gucci.* Aquellas vidrieras eran obras de arte. Minimalistas. Una cartera levitando sobre un enorme ventanal tornasolado. Joyas flotando sobre un fondo con una cascada. Todo era etéreo. Doblé a la derecha y me di de lleno con otra enorme estatua. En este caso, era una figura femenina. También esculpida en un falso mármol blanco, de enorme tamaño. Un cartel daba algo de información. Se trataba de Ceres, la diosa romana de la agricultura, las cosechas y la fecundidad. Siempre admiré aquella forma que tenían los romanos y los antiguos griegos -o los orientales- de unir conceptos que en principio parecían tan distintos pero que en el fondo eran iguales. "Ceres" quiere decir *crecer*. Todas aquellas cosas crecían: los granos, las frutas, las verduras, las personas. Cuenta la leyenda -según el cartel- que Ceres era una diosa tan hermosa, que uno de sus hermanos no pudo resistirse a su belleza, y la persiguió, la violó y la embarazó, y así nació la pobre Perséfone. La preciosura de Ceres era tal, que otro de sus hermanos la comenzó a acosar: Neptuno. Desesperada, Cerés decidió transformarse en yegua, creyendo que así su hermano no la reconocería. Un buen plan, si no hubiese sido porque el enfermo de Neptuno también se transformó en caballo, la buscó, la encontró y la embarazó, y tuvieron un caballito de nombre Arión. Recordé las historias del viejo pesado a propósito del hotel, y cada vez parecían tener más sentido. El cartel también contaba algo sobre la relación de Ceres con la isla de Sicilia. La diosa, con forma humanoide, estaba vestida con una toga y cargaba en uno de sus brazos un ramo de vid. Me la quedó observando y sentí una profunda conexión. Las pálidas figuras se acercaron hasta mí. Era la diosa de la fecundidad, tenía un par de asuntos pendientes que conversar con ella.

-Así que vos sos la diosa de la fecundidad…

Me ofreció una uva de su vid. La comí. Se me deshizo en la boca, no la pude ni masticar. Era insípida.

-No tiene gusto a nada –me quejé.

-Vos no le sentiste gusto a nada –dijo en español, con una voz severa, digna de la estatua parlante que era.

-No.

Me quedé pensando en la diferencia.

-¿Qué quiere decir? –pregunté.

-Cada uno le siente el gusto que le siente –dijo despreocupada.

-¿Y si no sentís ningún gusto?

-No sentís ningún gusto.

Era enigmática, además. En algún punto me hacía acordar a Cassandra. ¿Acaso en Las Vegas todas las mujeres eran así?

-¿Sos la diosa de la fecundidad?

-Eso dicen…

Me pregunté si sabría mi historia. ¿Sería omnisciente? ¿Habría tenido algo que ver con mis tragedias?

-¿Y cómo se supone que es? ¿Hay que rezarte?

La estatua transformó sus labios en la forma de una sonrisa.

-No, querido. Yo voy a hacer lo que yo quiera, me reces o no.

Me estaba empezando a caer mal.

-¿Cuándo sufriste más, cuando te violó tu hermano humano o cuando te violó tu hermano caballo?

-No hay que creer todo lo que se lee por ahí -dijo sin inmutarse.

-¿Perséfone? ¿El caballito?

Sin perder la postura, me retrucó:

-¿Sabés gusto a qué le siento yo a la vid?

-¿A qué?

-A futuro… -dijo y levantó la cabeza, contemplando el horizonte de *slots* y turistas sacándose *selfies*.

-Es curioso viniendo de una estatua…

-¿Por quién lo decís?

-Por vos.

-Ah… -dijo y se me quedó mirando.

-Una estatua no le podría sentir el gusto a una uva. Una lengua de mármol no tiene papilas gustativas.

Se me quedó mirando por si no había comprendido la indirecta. De pronto me vi a mí mismo desde lejos, como en un plano cenital. ¿Qué hacía ahí parado contemplando una estatua? La gente alrededor venía, se sacaba una foto, leía el cartel, y seguía. Decidí activar y caminé hacia adelante por inercia.

-¡No es una maldición! —me gritó Ceres al verme marchar, sin moverse de su pedestal, apenas levantando una mano.

Me di vuelta. Me acerqué de nuevo y le pregunté:

-¿Entonces qué es?

-Ya terminó nuestra charla. Las cosas ya no son como las ves —dijo, y volvió a su pose original.

Aquella epifanía había sido de lo más extraña. ¡Adoro la teletransportación! El *champagne* con *Speed* probablemente había ayudado, pero nunca pensé que sería capaz de alcanzar tal delirio, casi sobrio. Quizá era el oxígeno que tiraban por las rendijas de ventilación, había escuchado que los casinos hacían eso. ¿Tendría aquel efecto? De cualquier manera, me alegró saber que no recaía una maldición sobre mí. Pero entonces, ¿qué era? ¿Por qué no le había sentido el gusto a la uva? Fui al bar de Cleopatra a comprar más *champagne* y volví al casino. No permitiría que los fantasmas me arruinasen la noche.

A las cuatro de la mañana, mientras fumaba el último cigarrillo en el *lounge* del *MGM*, aquel diálogo imaginario con la estatua volvió a mi cabeza. Pero en vez de ser Ceres, era Rosi. Si no hubiese llamado su padre aquella noche cuando estaba en el aeropuerto, ¿me hubiese subido al avión? ¿Hubiese sido capaz de algo así? Era lo mismo que estaba haciendo en Las Vegas, veinte años más tarde. El único que supo de mi plan en aquel momento fue mi hermano, porque leyó la nota que le dejé. Rosi nunca lo supo, ni lo sabrá. Cuando llegué al hospital, aún con la valija en el baúl del auto, pero ya tarde para mi vuelo, el bebé ya se había muerto.

Hacía apenas segundos, mientras subía por el ascensor, probablemente. Recuerdo que se abrieron las puertas de metal, doblé por el pasillo a la izquierda y vi al padre de Rosi llorando en el corredor. Nos abrazamos. En la habitación, estaba Rosi con su mamá, destrozadas. Todas las veces que revivo ese momento siento cómo se me vuelve a cerrar el pecho como la primera vez. Estaba solo, rodeado por el dolor, por la angustia, por la desolación. Los padres de Rosi lloraban por su hija y por su nieto, y Rosi lloraba por sí misma, y por su bebé, y también lloraba por mí, porque yo no lloraba. La angustia que me generaba a mí no se comparaba en nada con la angustia que percibía a mi alrededor. Yo solo intentaba ponerme en su sintonía.

Lo peor vino después, cuando la doctora le dijo a Rosi que sería muy difícil que quedase embarazada. Aquello le había ocasionado un daño, y aunque podíamos intentarlo, las chances nunca serían superiores a un 10%. Las semanas posteriores fueron las más duras de nuestras vidas. Seguíamos siendo unos niños, y nos seguía asolando el dolor.

Recuerdo en aquel entonces culparme por todo aquello, por la tragedia. Algunas noches, cuando no podía conciliar el sueño y daba vueltas en la cama y vueltas en la cabeza, me convencía de que había sido yo quien había matado aquel bebé. Y lo había hecho al decidir marchar. Una cuestión energética, como si el feto lo hubiese presentido. Esas conexiones entre padres e hijos existen, quizá la criatura había percibido que su padre no lo amaría jamás, y se murió de pena. ¿O había sido mi regreso lo que lo había sofocado hasta matarlo? Lástima nacer y no salir con vida. Técnicamente, el bebé no murió cuando marché sino cuando regresé. ¿Sería posible que la Muerte viajase a mi lado? Aquellos pensamientos que poco a poco oscurecieron mi vida, se multiplicaron varios años después, cuando la tragedia golpeó nuestra puerta por segunda vez. Aunque no lo era, me sentía una víctima. Víctima de un mal extraño.

Nunca compartí con Rosi aquellos pensamientos tan rebuscados, ella ya tenía suficiente con los suyos. Le dolía más la poca probabilidad que tenía de ser madre que la pérdida del primer hijo. Un par de meses después, cuando comenzamos a aprender a convivir con el dolor, me confesó que quería aferrarse a ese 10%. Sabíamos que incluso así, Rosi podría perder el embarazo en cualquier momento. O peor aun, podría nacer con malformaciones o alguna discapacidad. Incluso el parto podría llegar a ser peligroso. Pero Rosi estaba dispuesta a correr ese riesgo. Instinto maternal. Se aferró al 10% y no lo soltó más. Yo, en cambio, confié en la ciencia, y disfruté de un noviazgo con la mujer que amaba sin la preocupación real de la paternidad. Prácticamente.

Dos por tres, Rosi me decía que se sentía rara, que en una de esas… Iba y se hacía un test, y venía a contarme. Al principio no la desestimulaban los resultados negativos. Lo vivía como un especie de juego de azar. 50-50. El problema era que la banca ganaba siempre, y ahí sí Rosi se empezó a deprimir. Una vez por semana, lloraba por algo. A veces era mi culpa, a veces de nadie. Pero a pesar de aquellas penas, y de mi constante e inconsciente preocupación por ese 10%, vivimos los mejores años de nuestras vidas.

De alguna manera, en Las Vegas me sentía a salvo de aquellas memorias. Aparecían, sí, y me mortificaban, pero solo un rato. En algún punto, me convencía de que los problemas habían quedado en Uruguay, a miles de kilómetros de distancia. Si los distraía, y los perdía, no podrían encontrarme. Menos en un piso 28.

Terminé el cigarrillo y subí a la habitación. Morí sin morir, y me abracé al dolor. Pero estaba bien, y al otro día estaría mejor. Soñé con Ceres. Estábamos los dos desnudos recostados sobre una nube, comiendo uvas que sabían a futuro. Ceres cantaba dulcemente mientras unos diablillos acompañaban con sus liras.

> *Viajaste de verdad*
> *Pasaste sustos*
> *Saltaste la pared*
> *Cambiando*

Aquella hermosa melodía me sonaba familiar.

> *Si estás así*
> *Piensa*
> *El problema no está aquí*
> *Cambiar es bien*
> *Aun sin amor*
> *Aun sin creer*
> *Entiende*

Dónde estoy

Quizá tendrás que ver a dónde vas

Piénsalo otra vez

Entiende

Y ten valor

Saltá

Sé feliz

Intentá

¿Para qué fingir?

No vale la pena

Perséfone, la reina del Mundo de los Muertos, tenía a quien salir. Al otro día, amanecí totalmente renovado. Para mejor, el sol se colaba por las rendijas de la ventana. Un típico mediodía de miércoles en Las Vegas. Sí que valía la pena.

8

WE'LL ALWAYS HAVE PARIS

"All you need's a strong heart and a nerve of steel"
Mort Shuman

-A veces hay que mirar para adentro, y a veces hay que mirar para afuera –dijo la chica de la reposera de al lado. Una morocha cincuentona que bien podría encajar en la categoría de *MILF*. No me atraía lo suficiente como para intentar tener sexo con ella, sobre todo con la noche aún por delante, pero me divertía seguirle la conversación. No había mucho para hacer en aquella piscina, además de tomar cerveza, fumar, entrar al agua y salir del agua. Sonreí y le contesté en un inglés piola:

-¿Y qué quiere decir eso exactamente?

-Por tu libro… -dijo y señaló el libro que estaba leyendo.

-¿Mi libro sería adentro? –dije siguiéndole el juego.

-*Yes!* –dijo divertida.

Se llamaba Samantha y era de Oklahoma. Nunca le pregunté la edad, por supuesto, ni ella la dijo. Me hizo un par de preguntas sobre Uruguay, contesté un poco por compromiso. Hasta que llegó un tipo que resultó ser el marido. Me lo presentó y me fui a la piscina.

Después de la siesta, me duché, me vestí y saqué un pasaje a París. Caminé por la *Strip* hasta pasar la Avenida Harmon, donde me di de lleno con la majestuosa Torre Eiffel a media escala. Detrás, el Arco del Triunfo a escala de dos tercios. Sobre ellos, el globo terráqueo de puro neón de colores. Reloca titila luz la Ciudad Luz. Atravesando la Plaza de la Concordia, se levantaba imponente la Ópera de París, solo que por dentro no era la Ópera de París. Se trataba en realidad de un complejo 5 estrellas de ultra lujo con hotel y casino. Otro. Pero aquel hasta tenía pintado el techo de celeste, con nubes y todo. Más la luz, parecía una eterna tarde parisina. Las horas no pasaban. Comencé a jugar en una mesa de ruleta, cada tanto salía a despejarme y fumar un cigarrillo al Jardín de las Tullerías. No sé lo que es *New York*, pero ahora sí sé lo que es París. En una de aquellas salidas vi también el Museo del Louvre. Di a parar a un *shopping* cuyo techo era el vitral más grande que hubiesen visto mis ojos. Falso, por supuesto, pero hermoso y lleno de colores. Me pareció ver otra sala de ruletas, así que fui a probar suerte una vez más. Y vaya si la tuve.

En una de las mesas me pareció distinguir un rostro familiar. Un tipo petiso, pelado pero con pelo a los costados, nariz fina y puntiaguda, y una sórdida mirada. No era otro que Michel Houellebecq, el escritor francés. Recuerdo pensar si no estaba muerto, pero no parecía muerto. O sí. Tampoco pude saber a ciencia cierta si era él o no, con los escritores no es sencillo el reconocimiento. Las únicas veces que había visto el rostro de Houellebecq era en las solapas de sus libros, y en alguna foto en alguna entrevista de internet. Bien podría ser ese señor que estaba parado allí o no. Vestía una campera de cuero gastada, con capucha de piel de cordero, que seguro ya le había visto en alguna foto suya. Igual, si era él, sería muy extraño que tuviese exactamente la misma campera. Aunque yo he tenido camperas por mucho tiempo…

Cuanto más lo observaba, más me convencía de que no era él. Se comportaba de una manera muy extraña, hostil. Refunfuñaba, pero desde donde estaba no alcanzaba a distinguir en qué idioma. Se quejaba de algo, eso seguro. La gente a su alrededor parecía ignorar el calibre de la celebridad que tenían como compañero de mesa, o bien no les parecía para tanto. Me acerqué para poder escuchar mejor. Lo hice con sutileza, caminando como despreocupado para no llamar la atención de nadie. Aunque en un casino siempre hay alguien en algún lado que está observando. El tipo no hablaba en inglés, y hablaba poco, solo para sí mismo. No estaba seguro de si los demás comprendían lo que decía, o les eran indiferente. El tipo apostaba sin excepción en todas las jugadas varios plenos al 17, y luego hacía una de esas clásicas jugadas de jugador experto que derrocha fichas por doquier sobre el paño, como quien espolvorea con harina una mesada antes de amasar, sin importar los números que había debajo. Si otro jugador ya le había apostado a ese número, simplemente armaba su pila de fichas celestes y blancas sobre la jugada anterior. Eran tantas que a veces se le derramaba alguna, y el crupier le pedía con un gesto que la acomodara. Houellebecq lo hacía de mala gana, como todo.

-*Trou du cul*… -dijo, y supe que hablaba francés. ¡Tenía que ser él! Pensé en abordarlo, decirle lo mucho que lo admiraba, que tenía todos sus libros. Pero yo no sabía francés… Seguro él hablaba inglés. Igual, tampoco era tan extraño encontrarme con un tipo hablando en francés en París.

-¡Negro, el trece! –gritó el crupier y hubo un pequeño murmullo. Un tipo gordo de blusa rosada celebró cerrando el puño, y la
señorona paqueta apenas vestida con un pareo y de chancletas,
sonrió orgullosa de sí misma. El crupier comenzó a barrer con
una especie de minilampazo de bronce todas las fichas perde-
doras. Houellebecq había acertado en algo, porque recibió un
montón de fichas, aunque no pude calcular si en realidad había
salido ganando o perdiendo de aquella jugada. Probablemente
él tampoco.

-*Ce casino de merd* –dijo también para sí mismo pero esta vez
todos lo entendimos.

El crupier miró a su compañero, cuya única función era estar parado al lado de él. Houellebecq ni se inmutó y se llenó los
bolsillos de la campera con sus fichas. No parecía estar de buen
humor como para que un fanático se le acercase, así que me di
por satisfecho con ese pequeño encuentro y seguí mi camino.

¿Era de verdad Michel Houellebecq? En casos como ese la-
mentaba no tener un acompañante, alguien con quien cotejar
este tipo de cosas. Quizá por eso me terminaba perdiendo tanto
en mis pensamientos. Siempre fui igual. Siempre necesité a mi
lado a alguien que me bajara a tierra. Que me emparchara un
poco y que limpiara mi cabeza. Alguien que le pusiera tachuelas
a mis zapatos para que me acordara que iba caminando. Alguien
que colgara mi mente de una soga hasta que se secara de problemas. Y me llevara… Rosi era esa persona, siempre lo había sido.
Sabía todo de mí. Solo con mirarme conocía las palabras que jamás le iba a decir. Rosi sabía cuándo estaba, cuándo me iba, supo
cuando me fui. Rosi estaba ahora en otra dimensión, dedicada a
su familia y a su próspero *take away*.

Diría que una hora después, en uno de los baños, me lo encontré de nuevo. A Houellebecq o a quien fuera ese tipo medio des-

agradable que hablaba en francés. Lo divisé a través de la rendija que dejó la puerta entreabierta. ¿Qué hacía? Lo escuché esnifar. ¿Estaba esnifando cocaína? Carraspeó, y repitió la secuencia. Me quedé helado. De pronto, escuché el sonido del plástico fino arrugándose, la línea blanca se terminó. Y salió lo más campante, tocándose aquella nariz aguileña que tenía. Mientras se lavaba las manos, notó que lo estaba observando a través del espejo. No había nadie más en aquel baño.

-*Regarde ton cul* –aunque sospechaba que se trataba de un insulto, me dio gracia. No lo podía evitar, me divertía el acento francés, tan teatral.

-¿Michael? –pregunté entusiasmado, lejos de ofendido.

El tipo se dio vuelta, me miró a los ojos, metió la mano en el pantalón, se sacó la verga para afuera, y mientras la revoleaba con furia comenzó a gritar:

-¡Michael! ¡Michael! ¡Michael!

Se detuvo cuando escuchamos que alguien se acercaba. Volvió a guardar todo en su lugar. Yo, estupefacto. Al pasar a mi lado, me gritó enojado:

-¡Céline!¡ *¡Lire Céline!* –y se fue.

Nunca supe si era o no él, pero cuando pasó a mi lado noté que llevaba puesto un pin de *Danny el Rojo*. Eso, y el revoleo de poronga, confirmó que era él. ¿Por qué era así? Seguramente había sido educado con odio, y odiaba a la humanidad.

Volví a la sala de ruletas, y más tarde me entretuve conversando con una muchacha en el restaurante de la Torre Eiffel. La había conocido hacía un rato en un *lounge*. Ella también tenía cocaína, así que nos colocamos. Hacía veinte años por lo menos que no probaba ese veneno, y así me pegó. Tomamos *champagne*, fumamos, fuimos al baño. La vista era hermosa. Aquello no era París pero también era la Ciudad Luz… de neón.

-Por ella aprendía a ser formal y cortés, cortándome el pelo una vez por mes –le dije a mi cita a propósito de Rosi. Le causó gracia.

-¿Y por qué se pelearon?

-No, no nos peleamos -en realidad sí nos habíamos peleado, varias veces.

-¿Y qué pasó entonces?

La chiquilina me caía bien. Era más joven que yo, quizá no la más bonita de la ciudad, pero disfrutaba de su compañía y de su charla. No tenía un mejor lugar en donde estar en ese momento. Ya habíamos abierto nuestros corazones hacía rato, con la segunda botella de *Möet*. Pero tampoco la quería aburrir con mis tristes historias de siempre.

-¿Vos creés en la suerte?

-¿En qué sentido? –quiso saber.

-En la suerte, en general, así como concepto.

Me divertía perder los ojos en aquellos rulos morochos, mientras la escuchaba con atención.

-Obviamente –dijo en inglés-. ¿Vos no?

Pensé un segundo.

-Sí… Antes, no.

-¿Cuándo antes?

-Antes…

Hicimos *chin-chin* con las copas. Nos besamos sobre la mesa. Su boca estaba húmeda y fría por el *champagne*. Así debían de saber las uvas de Ceres cuando quien las saboreaba estaba bendecido con la luz del futuro. Le conté a mi cita que aquella no era mi primera huída. Que mi historia era mucho peor. Le pregunté si estaba dispuesta a escucharla.

-Por supuesto –dijo.

Le advertí que era una historia signada por la tragedia, pero no la amedrentó. Le conté toda la verdad. Le conté que una vez había perdido un hijo, o lo había matado con mi huída. Se habría muerto de abandono nomás, el pobre. La segunda vez, lo mismo. Como si la Parca viajara conmigo a todos lados, le dije. Quise escapar otra vez, lo reconozco, pero luego volví. También volví. Regresé dispuesto a asumir por fin mis responsabilidades. Pero ya era demasiado tarde. Había echado a perder aquello también. Le conté que hacía menos de una semana me había enterado de que había embarazado a una mujer de nuevo. Zoca, mi saliente. Mi tercera vez, le remarqué. La tarde que Zoca me llamó para contarme la noticia, en lo único que pensé fue en escapar. Cómo escapar y a dónde escapar, pero escapar. Le conté que era eso lo que me había llevado hasta allí.

-La tragedia –le dije con lágrimas en los ojos-. Otra vez, la tragedia.

Me besó y me abrazó. Luego dijo a modo de consuelo:

-Vas aquí, vas allá… pero nunca te encontrarás… -se me quedó mirando. Había ternura en sus ojos- al escaparte.

Cuando me recompuse, propuso que fuésemos al casino para cambiar el *chip*. Antes, pasamos por el baño a retocarnos.

Caminando de la mano por la *Strip*, me dijo:

-Esta noche no quiero que pienses en eso, nene. Porque estamos en la calle de la sensación. Muy lejos del sol, que quema de amor.

Aquello me conmovió. Nos detuvimos y la besé y la abracé. Luego me susurró al oído:

-Si pudieras olvidar tu mente, frente a mí, sé que tu corazón diría que sí.

Nunca en la vida me habían querido levantar de una manera tan hermosa. Así que después del casino, fuimos a mi habitación, y permanecimos allí lo que le quedaba a la noche, y una parte del día.

9

OTRO DÍA TE CUENTO

Habíamos quedado en encontrarnos con mi hermano en el bar temático de los *Beatles* a las siete de la tarde. La idea era ponernos al día antes del toque de Músico, que era a las nueve, en un teatrito por la Avenida Tropicana, muy cerca de nuestro hotel. Alberto trabajaba en un *lounge* contiguo a la sala principal de *slots*, por lo que no tendría por qué haberlo visto desde que había llegado, y de hecho eso fue lo que sucedió. Pude haber pasado a saludarlo antes, pero si no lo hice fue porque sabía que eso le molestaría. Cuando por fin nos vimos, nos dimos un abrazo. Dijo que también se alegraba de verme.

-¿Qué te trae por acá?

-¿Podés ir a ver a Músico?

-Sí... un rato –contestó y me alegró.

-De más. Estás más pelado, ¿puede ser?

-Me voy a hacer un injerto... ¿vos qué hacés acá, te dio la loca de nuevo?

Tomé un trago de *whisky*.

-Tiene su encanto esta ciudad…

Mi hermano sonrió y tomó *whisky*.

-Por lo visto ya anduviste… recorriendo.

Los dos nos reímos.

-Estuve conociendo algunos lugares, nada más.

-¿Qué hiciste?

-Básicamente me perdí en la *Strip* todas las noches. Una vez casi me caso. La novia me dejó plantado en el altar. Pero el cura, que era Elvis, se ofreció a chuparme la pija por cien dólares…

-¿Y lo valió?

Sonreí y le contesté que me había conformado con una canción. Le pregunté por Kelly.

-Bolazos.

-¿No existe?

-¿Quién? Yo qué sé si existe, esto es Las Vegas, no hace falta inventar fantasmas. Con los que ya hay, sobra.

Pedimos dos *whiskys* más y comentamos la belleza de la moza.

-Colombiana. Llegó hace un año, por ahí. Todavía no me la pude garchar. ¿Y vos?

-¿Yo qué?

-¿Garchaste algo acá?

Le conté muy por arriba la noche con Cassandra, y mi romántica noche en París, pero no le conté nada de lo del *Caesars Palace*.

-¿Jugaste?

-Obvio.

-Ojo. No te envicies. Acá encerrado todo el día podés perder lo que tenés en un segundo.

-Ya sé.

-Entonces… ¿me vas a decir qué hacés acá?

-Ya te dije, a verte, a conocer la ciudad, a…

-Sí, aparte de eso.

Tomé un poco de *whisky* y mucho de coraje, y le confesé lo que estaba haciendo.

-¿Otra vez? ¿En serio?

-Sí.

Dicho así, sonaba estúpido. Quizá lo era.

-¿Y viniste hasta acá a que te diga lo mismo? ¿Por tercera vez? ¿No sabés ya lo que te voy a decir?

-No vine por eso.

Se recostó, tomó *whisky*.

-Vine porque te quería ver, porque quería conocer esta ciudad… y cuando vi que tocaba Músico… no lo pude creer. Cerró por todos lados. Era otra señal… y no me arrepiento en absoluto. Creo que estos días que estuve acá me hicieron bien. Me están haciendo bien…

-En Las Vegas…

Entendía a lo que se refería.

-Sí, en Las Vegas. Acá, hoy, contigo. Ayer, antes de ayer. ¿Sabías que una vieja me cargó en la piscina?

-Clásico Las Vegas…

Me sentí un cliché.

-Te hablo en serio. Vos vivís acá. ¿Entendés de lo que te hablo?

-Más o menos…

-¿Por qué estás acá, pudiendo estar en cualquier otra parte del mundo?

-Es una vida fácil.

Yo estaba de acuerdo con lo que él decía, por alguna razón sus ojos se humedecieron y quedó en silencio durante un instante. Nadie se animó a decir una verdad. Siempre el miedo fue tonto.

-¿Lo es?

Se terminó su *whisky* de un sorbo y pidió dos más.

Mi hermano no había tenido una vida fácil. Su novia se había suicidado pocos días después de cumplir 30 años. Llevaban una vida turbia, y tenían lo que se dice *una relación tóxica*, pero me escondían los detalles. Cuando su pareja murió, mi hermano quedó devastado. Un vez le descubrí un revólver en la guantera de la camioneta. ¿Pensaba matar a alguien? ¿A quién? ¿O era para defenderse? ¿De quién? ¿A quién le temía? ¿A qué le temía? Tenía entendido que con el dinero de la casa de mis padres había puesto un bar, pero nunca tuve demasiado claro de qué vivía. La Flaca, siempre que la vi, parecía drogada, pero de ahí a sospechar que podría haber algo criminal implicado en su muerte, me parecía un disparate. Recuerdo un día que llamó la Policía para hacerme unas preguntas sobre mi hermano. Nada particular, algunos datos. Pregunté a qué se debía y me dijeron que no había nada de lo que preocuparme. Después de eso no supe más de él durante cinco años. Era normal que no me atendiese el teléfono por ese periodo de tiempo, tuve suerte aquella vez cuando lo llamé por su cumpleaños. Esa ocasión, en Las Vegas, era la primera vez lo veía en persona desde hacía mucho tiempo.

-¿Y en qué andás vos?

-¿Cómo en qué ando? –me dijo de mala gana.

-En qué andás… en la vida. Qué hacés de tu vida, eso.

-Bien… me manejo.

Cuando mi hermano no quería hablar, no había forma de extirparle las palabras. Si no estaba de buen humor, yo tampoco. Pero ya había decidido que me sacaría aquella vieja duda. Si no era en ese momento, cara a cara, no sería nunca.

-Me llamó la Policía… -le dije sin más, y su cara se transformó.

-¿Cuándo?

-¿Cuándo?

-Cuándo.

-Qué importa cuándo, ¿no te interesa por qué, primero? –lo había descubierto. Había dado un paso en falso en su propio juego.

-¿Por qué? –disimuló.

-Por una denuncia de un vecino por ruidos molestos…

-Ah…

-Por vos, pelotudo.

-¡La puta madre! ¿Qué te dijeron?

-Nada. Yo les dije.

-¿Qué les dijiste?

-Lo que me preguntaron.

-¿De qué?

-De vos, pelotudo.

Alberto estaba muy nervioso, miraba para los costados. Yo disfrutaba tener el control por un rato. Sabía que si lo disminuía, luego podría obtener algo de él. Alguna palabra.

-¿Qué te dijeron? ¿Cuándo te llamaron?

-Hace tiempo… no sé, unos años. Querían saber cosas de vos.

-¿Y qué les dijiste?

-¡Nada, pelotudeces!

-¿Qué pelotudeces, pelotudo? ¿Qué le dijiste de mí a la Policía?

-Me preguntaron si eras mi hermano, si eras hijo de nuestros padres, si vivías donde vivías, si sabía cómo te ganabas la vida, cuándo había sido la última vez que te había visto, si…

-¿Y qué les dijiste?

-La verdad.

-¡Pero la puta madre!

No estaba enojado conmigo. Estaba enojado con la situación.

-¿Qué cagada te mandaste?

-Ninguna, están de vivos.

-¿Por qué? ¿Te tocó?

-Ponele.

-¿Tiene algo que ver con lo de la Flaca? –me animé a preguntar.

-¿Por qué va a tener algo que ver con la Flaca? –mi pregunta le había incomodado.

-No sé, te pregunto, ¿por qué me llamó la Policía a pedirme datos de vos?

-Gracias por preocuparte por mí, hermanito. Y gracias por colaborar con la Policía. El pueblo está orgulloso de vos –se empezó a levantar-. No te preocupes por mí. Yo estoy bien. Aquello ya pasó. Estoy acá, copado, ¿viste? El problema lo tenés vos... ¿Qué vas a hacer cuando vuelvas?

-No sé, pero tengo una semana todavía.

-¿Y lo vas a resolver en la semana? –dijo con ironía.

-O en el viaje de vuelta... hay que matar el tiempo en el avión...

-Yo te aconsejaría que lo tuvieses resuelto antes.

Tenía razón, un viaje en avión con aquello sin resolver carcomiéndome por dentro, sería insoportable.

-Cuando el mundo tira para abajo, es mejor no estar atado a nada –dijo Alberto. Encendió un cigarrillo, en Las Vegas estaba permitido fumar en los mismo lugares donde estaba permitido respirar. Lo imité y pedimos otro *whisky*.

-¿Y qué onda? ¿Qué vas a hacer cuando vuelvas?

-Te va a parecer raro lo que te estoy diciendo, pero acá siento que me estoy conectando con algo... o desconectando... no sé. Va más allá del embarazo de Zoca, tiene que ver conmigo mismo.

-¿Y es bueno?

-No sé... por ahora no se siente mal.

Mi hermano sonrió, hicimos fondo blanco, pedimos *refill* a la preciosa moza y nos pusimos a recordar recitales legendarios de Músico, como para ir entrando en clima.

Con Músico sucedía lo siguiente: era el clásico caso del artista cuya discografía explicaba tu vida entera. Así eran sus canciones.

De hermosas, de graves. Llenas de sabiduría. Adquirían matices diferentes conforme uno se hacía más viejo, y las apreciaba de diferente manera cada vez. Estrofas que antes no querían decir nada, un buen día adquirían un significado revelador, y uno atesoraba aquello como una herramienta para enfrentase al mundo. ¿Qué podíamos decir nosotros de Músico que ya no todo el mundo hubiese dicho? El más exquisito artista de la historia de la música *rock* en español, por lo menos.

-Yo creo que si tuviese que armar la pirámide del *rock and roll*, pondría en la cúspide a los *Beatles*, a los *Rolling*, Chuck Berry, Bob Dylan…

-Lou Reed.

-Ponele si querés, Lou Reed. ¿Querés *Pink Floyd*? Poné *Pink Floyd*.

-Ni en pedo.

-Bueno, no lo pongas… En ese escalón, no hay nadie más. Nadie lo discute. Después, en el segundo escalón empezando de arriba, elegí al que quieras pero ahí está Músico.

Me reí.

-¡Sin exagerar!

Los dos nos reímos. Se sentía bien reír entre hermanos.

-¿Conciertos? ¿El Luna? ¿El River? ¿Vélez?

-Vélez… Y River, obvio.

-River, obvio.

Ya era casi la hora, así que mi hermano se encargó de la cuenta y partimos rumbo al recital.

-¿Querés falopa? –me preguntó cuando íbamos por la calle.

-¿Si tengo?

-Si querés…

-No sé, ¿qué tenés?

-¿Tripa?

-No sé… ayer fue una noche dura…

-Dale, hermano, mirá dónde estamos, hace diez años que no nos vemos, toca Músico…

No pude decir que no. Antes de entrar al *Fantasy Theatre* nos tomamos un cuarto de una parte del ojo de Dumbo, cada uno.

-¿Cómo están? –quise saber.

-*Forchis*.

Hicimos como que nos lamentábamos y caminamos hasta el antro.

10

MI SEGUNDO HIJO

───────────────

De más está decir que las cosas con Rosi cambiaron mucho desde aquella primera tragedia. Crecimos de golpe, torcidos. Nos volvimos inseparables, no tanto por voluntad sino por destino. Nos atraía mutuamente ese vacío que solo nosotros podíamos percibir en el pecho del otro. A los 25 años, cuando ya los dos trabajábamos en el laboratorio y ganábamos lo suficiente, le propuse que nos fuésemos a vivir juntos. La mejor decisión que tomé en mi vida. Fuimos felices el doble, nos mudamos a una casa chiquita pero con patio en la Mondiola. La compramos con mi parte de la plata de la venta de la casa de mis padres. Recibimos bastante dinero, y con eso más un préstamo hipotecario pudimos constituir con Rosi nuestro tan anhelado hogar.

La noche en que le propuse a Rosi el concubinato, en realidad el plan era proponerle matrimonio. Llevé un anillo, incluso. No era una decisión muy meditada, más bien era un impulso, algo que sentía que debía hacer. La pareja necesitaba una nueva zanahoria, ya que la paternidad no se nos daría. Ya hacía demasiado tiempo que estábamos juntos, solos, el uno con el otro, ya habíamos atravesado el amor y el dolor, habíamos superado peleas, nos habíamos necesitado en la distancia, y el próximo paso era sin dudas el casamiento. Aquella noche que la invité a cenar a un restaurante elegante de Punta Carretas, llevé el anillo en el bolsillo de la campera. Nos comimos toda la panera, el plato, el postre y nos regalaron un *limoncello* cuando pedimos la cuenta. Habíamos pasado una velada preciosa, pero no hubo un solo momento en toda la noche en que no pensara en lo que cargaba en el bolsillo de la campera. Rosi también estaba rara… como expectante, ansiosa por algo, me percibía raro. Pero luego volvía a la normalidad. Antes de irnos, Rosi fue al baño y me quedé solo en la mesa, observando. En casi todas las mesas los comensales eran parejas. Bastante más mayores que Rosi y yo. O por lo menos diez años. Había algo en común en todas esas mesas, en la energía que destilaban. No supe distinguir qué, pero no fue una sensación agradable. Todos hablaban en voz muy baja, casi imperceptible. En algunas mesas, ni hablaban. Algunos se decían las cosas muy de cerca, apoyando los codos en la mesa. A veces, una señora hablaba mientras su marido pasaba las páginas del menú en silencio. En la mayoría de esas parejas, me parecía percibir algo que no andaba bien. Sin embargo, allí estaban, un martes a la noche, vestidos elegantemente para ir a cenar a un restaurante igual de elegante. Aquello tenía su mérito. Rosi volvió del baño y la sentí parte de todo aquel paisaje. Me paré, ya no estaba observando desde la mesa, y caminamos hasta la puerta de salida. No éramos más que una de esas parejas que ahora se marchaba. Cuando dejé a Rosi en su casa, antes de que se bajara del auto, le pregunté si no le gustaría que no la llevase más a su casa.

-¿Por qué? –preguntó riéndose.

-Si no estás harta de que siempre te deje a vos acá, yo me vaya para mi casa…

-¿Querés que vayamos a tu casa? Por mí, vamos…

-No, tonta… No entendés lo que te estoy diciendo…

-No estás diciendo nada, me estás haciendo preguntas raras.

Los dos nos reímos.

-Te estoy diciendo si no te gustaría, en vez de quedarte en mi casa, o que yo me quede en la tuya, o que te deje como hoy…

-¿Qué?

Miradas como esas eran las que me enamoraban de Rosi. Había amor y ternura y alegría en ella, pero algo más. Una profundidad, un sentido trágico que nunca la abandonaba y que a mí tanto me intrigaba, me seducía. Volví a pensar en el anillo y hasta pude sentirlo en la campera.

-Te estoy diciendo… si querés que vivamos juntos.

Como dije, fuimos felices el doble. Le preparaba el desayuno todas las mañanas. A la cena, nos turnábamos. Llenamos el jardín de plantas y lo cuidamos los dos.

Rosi nació en las afueras de la ciudad, en una zona rural, y recordaba con mucha nostalgia las mandarinas del árbol que había detrás de su casa. Siempre hablaba de eso. Todas las veces que comprábamos mandarinas en la feria, de alguna manera salía a colación el tal mandarino. Para su primer cumpleaños en nuestra casa, le regalé un par de sandalias que sabía que le habían gustado, un libro y un mandarino. Disfrutó cada paso del crecimiento de aquel árbol, desde las primeras ramas hasta los frutos. Y cada vez que Rosi pelaba una mandarina de nuestro árbol, lo hacía con un entusiasmo que seguro se parecía mucho al de su niñez. No necesitábamos más para ser felices, pero un día Rosi comenzó a actuar de una manera extraña.

Estaba como nerviosa, no toleraba demasiado estar junto a mí en silencio. O cuando hablábamos, se molestaba casi por todo lo que le preguntaba. Luego me pedía perdón, pero yo sabía que algo le pasaba. Me lo confesó por fin una tarde cuando yo recién llegaba de trabajar.

-Estoy embarazada.

Era la Suerte jugando su carta maestra. Ese 10%... Como ganarse la lotería, pero al revés. Por eso, recibir aquella noticia fue totalmente diferente de la primera vez. Tenía algo de tragicómico, un suceso insólito. Incluso Rosi cuando me lo dijo no lo hizo con la confianza de la primera vez. Estaba contenta, sí, pero también estaba asustada.

-¿En serio? –fue lo único que atiné a decir.

-Sí... -Rosi también parecía sorprendida.

-¿Pero fuiste al médico?

-No, amor... -me dijo como burlándose y yo respiré-. Me acabo de hacer el test.

Me mostró un test de embarazo con resultado positivo.

-¿Y qué se te dio por hacértelo?

No le gustó la pregunta.

-Me sentía rara... no sé, y no me vino...

-Ah...

Hubo un silencio.

-¡Bueno, amor, al fin! –dije con entusiasmo.

-Es una buena noticia, ¿no?

-¡Obvio, amor!

Nos besamos y nos abrazamos y luego agendamos una cita con la ginecóloga. Yo no me hacía demasiadas expectativas, sabía cómo funcionaba aquello. Ya nos había pasados dos veces. Test positivo, pero los médicos lo descartaban. Falso positivo, le decían. En otra oportunidad, el test había dado positivo y los médicos lo confirmaron. Pero a las dos semanas… Aquellas piruetas de la suerte a veces también me favorecían.

La ginecóloga se alegró de que lo hayamos seguido intentando, y nos aseguró que todo parecía ir bien. Nunca se podía saber, y con Rosi ya habíamos desarrollado la habilidad de destrozar el nervio y los sentimientos, y ser heladeras hasta que de verdad sucedieran las cosas.

Cuando al tercer mes todo siguió bien, Rosi empezó a ser aquella mujer que comía mandarinas pero todos los días, incluso sin comer mandarinas. Yo, en cambio, me sentía solo, abandonado a mi suerte, y sin saber qué hacer con aquella incertidumbre, como si los años hubiesen pasado en vano. ¿No había aprendido nada? ¿O era que había pasado tanto tiempo que ya había olvidado hasta la lección? ¿Sería que necesitaba sanar del todo para extrañar lo que era sufrir? Cuando Rosi me preguntaba qué me pasaba intentaba decirle lo justo y necesario, hacerla sufrir lo menos posible. Al comienzo intenté que comprendiera lo que me pasaba. No era que yo lo comprendiese del todo, pero me alcanzaba con que ella captase algo de todo aquello que me abrumaba. Lo menos posible.

-No puedo creer que tengas 30 años y sigas siendo un adolescente… -me decía cuando no quería ser demasiado hiriente.

-¿Ves? ¡Es lo mismo de siempre! ¡No querés tener hijos conmigo, no me amás!

Decía entre lágrimas y ahí sí me dejaba el pecho dentro de un hueco. Tenía sentido lo que decía. ¿Por qué otra razón no querría tener un hijo con ella? Cómo explicarle que no, que no era eso. A veces Rosi malinterpretaba lo que yo decía, y se perdía en explicaciones innecesarias, o simplemente negaba lo yo había dicho y me ponía ejemplos concretos para demostrarme lo contrario. En ocasiones, cuando discutíamos de pie y la cosa se empezaba a caldear, ella se sentaba, se agarraba la cara con las manos y se ponía a llorar. Aquella imagen, con la criatura dentro, me partía el alma. Prefería perder la batalla y abrazarla y consolarla. Pero la incertidumbre y la impotencia me destrozaban cada día, y al cuarto mes de embarazo ya no fui capaz ni siquiera de intentar dar a conocer lo que me pasaba por dentro.

Rosi estaba demasiado concentrada en la persona que le crecía, y en sus dolores y en sus antojos como para preocuparse por lo que me pasaba a mí. Le bastaba con que estuviese a su lado, y la ayudase con sus necesidades. Sabía que yo no estaba convencido de querer aquello, pero no se podía seguir haciendo drama por eso.

Presencié el parto porque Rosi me lo pidió. Cuando vi toda esa sangre no pude más que pensar en las palabras de mi hermano Alberto sobre la valentía. Dar a luz, eso sí que requería valentía. Rosi era valiente, el asunto era si yo estaba a su altura. Cuando tuve el bebé en mis brazos, ya limpio y seco, supe que no. La peor parte de la historia no es que huí otra vez, sino que cuando por fin volví, el bebé se había muerto.

La misma tarde del nacimiento, fui hasta la casa a buscar unas cosas que Rosi se había olvidado. La idea era volver al hospital y ya instalarme para pasar la noche. Pero me di una ducha y todo cambió. Recuerdo el momento exacto en que por fin lo resolví. Me estaba frotando el shampoo por la cabeza, los ojos cerrados, y el agua caliente recorriendo mi cuerpo. Tenía miedo, moría de miedo. Respiré profundo, se me metieron algunas gotitas de agua por la nariz, pero cuando abrí los ojos de nuevo y exhalé el aire, lo vislumbré con total claridad. Debía escapar.

Subí al auto pero nunca conduje hacia el hospital. Manejé por la rambla, pasé el aeropuerto, llegué hasta otro departamento, y donde vi un hotel, estacioné. Pagué dos noches en ese rancho de tres estrellas que quedaba justo en frente de la plaza, como en toda ciudad del interior. No sabía bien dónde estaba pero no importaba. Sentía que la cabeza me iba a explotar, literalmente. Si ponía mis dedos sobre las sienes, las sentía latir con fuerza, hinchadas. Sabía que con ese escape estaba poniendo punto final a mi vida con Rosi, ¿cómo era capaz de hacer algo así? Perdería al amor de mi vida, sí, lo sabía, y perdería a un hijo. También perdería el trabajo. Y con todo eso, la valentía. ¿Entonces qué estaba haciendo? Ya no tenía marcha atrás y, en algún punto, eso me tranquilizaba. Como siempre. Las consecuencias serían horrendas; quizá nunca me recuperaría de ellas, ni yo ni Rosi; quizá habría dañado de la peor manera posible a la única persona que realmente amé. Pero lo había hecho, y no era la primera vez que lo hacía. Era evidente que algo estaba mal en mí, ya lo sabía. Quizá lo bueno de estar en aquella plaza, haciendo nada, lejos de mi vida ordinaria, era que al menos no le podía ocasionar más daño a nadie que quisiera.

No tuve el coraje para prender el celular hasta la segunda noche. Me había pasado el día entero deambulando por esas calles de casas bajas, todas iguales, saludándome con la gente como si nos conociéramos. No lograba esclarecer mis pensamientos. Sabía que el tiempo jugaba en mi contra, aunque muy probablemente ya todo estuviese resuelto. ¿Y ahora qué?, pensaba. Mis pensamientos se iban del futuro al pasado, y volvían al presente. Y en todos esos momentos solo había angustia y dolor, y la sensación de que todo era mi culpa. Quizá aún estaba a tiempo y todo se solucionaría si volviese. Un padre que huye tres días es un padre cobarde, pero es un padre. Cargué el auto y conduje de nuevo a Montevideo -por la misma carretera por la que me había escapado- hasta lo de mi hermano. Mi refugio.

-¿Qué hacés? ¿Qué es esa valija? Mirá que acá no te podés venir a vivir…

Era como si Alberto ya supiese todo pero no le importase nada en absoluto.

-No me voy a quedar. Necesito hablar contigo.

-Necesitás… -dijo como burlándose. Podía hacerlo, era mi hermano mayor.

-¿Puedo pasar?

Nos sentamos en el living y le expliqué mi situación.

-¿Y qué es lo que tanto te asusta de ser padre? ¿O es Rosi el tema?

-No, Rosi es la mujer de mi vida. Y si hago esto la voy a perder para siempre, ya lo sé.

-¿Entonces?

-No sé, Alberto, pensé que vos me entenderías. No sé qué es. No quiero ser padre ahora, no estoy preparado, o no me siento preparado… No tengo ganas. No quiero. Rosi no podía… no podíamos. Después de que perdió el primero, y las veces que lo intentamos después… Nunca pensé que pudiese pasar de verdad.

-Pero pasó.

-Sí ya sé que pasó.

Mi hermano se me quedó mirando, como con lástima. Luego de un silencio, dijo:

-Creo que te vas a arrepentir de lo que estás haciendo, hermano.

Así como huí sin titubear, regresé de la misma manera. Tenía la sensación de que estaba haciendo lo correcto. Por fin yo también me sentía valiente, estaba orgulloso de mí mismo. Conduje hasta nuestra casa y vi que estaba todo cerrado, supuse que estarían en la casa de la madre de Rosi. Allí tampoco parecía haber nadie. Fui hasta lo del padre, pero me dio la misma sensación. ¿Dónde estaban todos? Como un último intento, conduje hasta el hospital. Estacioné a dos cuadras, no quería que nadie reconociera el vehículo, y comencé a caminar hacia el hospital con sigilo.

En una esquina me pareció distinguir a Andrea fumando en la puerta. Me acerqué con timidez.

-¡Sos un imbécil! –fue lo primero que me dijo, y lo decía de verdad. Había furia en sus ojos.

-Ya sé, perdón… -atiné a decir.

-¿Qué perdón, nene, qué perdón? Sos realmente un imbécil, ¡nunca creí que pudieses ser tan hijo de puta!

A Andrea la conocíamos desde el liceo, era amiga de los dos. Nunca jamás me había propinado un insulto semejante.

-¿Qué hacés acá? ¿Rosi sigue acá?

-¿Pero vos sos idiota?

No supe qué decir.

-¿Rosi sigue acá? ¡Hijo de puta!

Me pegó en el pecho más por rabia que por otra cosa, y estaba bien, me lo merecía.

-Perdón, ya sé, soy la peor persona del mundo. ¿Qué hacés acá, sigue Rosi, pasó algo? En casa no está, en lo de los padres tampoco…

La cara de Andrea se transformó.

-Encima no sabés nada…

-¿Nada de qué?

-Te fuiste a la mierda y aparecés acá sin tener ni idea de nada…

-¿Qué pasó, Andrea, le pasó algo a Rosi?

-¿Aparte de que el cagón del padre del hijo desapareció y ni siquiera le atendió el teléfono? ¡Tres días! Hijo de puta… ¿Cómo podés hacer algo así? Pensé que la amabas de verdad…

-La amo.

-De verdad, dije. Sos una mierda.

-¿Me podés decir cómo está Rosi?

-Bien –exhaló el humo de su cigarrillo. ¿Ya se habría desahogado?

-¿Pero sigue acá?

-Sí, sigue acá –ahora se hacía la desinteresada. Me estaba pagando con la misma moneda.

-Volvió.

-¿Cómo que volvió?

-Se fue a lo de la madre, sola, destruida, sin padre. El bebe quedó en la incubadora. Ya sabía que podía pasar, pero está destruida. Como deberías estar vos, hijo de puta.

-¿Qué pasó?

-¡Se murió! –dijo con rabia.

La bocina de un ómnibus saludando a otro llenó el silencio. Sentí un profundo dolor, pero también alivio. Como si el destino me estuviese dando la razón de la peor manera posible. ¿Cuándo había empezado todo a salirse de control?

-¿Cómo está Rosi?

Andrea suspiró y negó con la cabeza. Era un caso perdido.

-¿Cómo pensás?

Una señora que salió del hospital se subió a un taxi.

-De salud… ¿Está bien?

-Sí… Se tiene que controlar y no sé, verán por qué pasó lo que pasó. Acaba de pasar.

-¿Cuándo?

-Recién. Hace media hora –tiró la colilla al suelo y la apagó con el zapato.

-Voy a subir a consolar a mi amiga, y voy a hacer como si este encuentro nunca hubiese existido. Vos, lo mismo. Y hacé lo que mejor sabés hacer: andate.

-Volví, Andrea…

-No volviste. Yo nunca te vi, nadie te vio. Volvé a la cueva oscura de la que nunca deberías haber salido.

Le hice caso, pero por unas horas. Me fui a deambular por

la rambla mientras descifraba qué hacer. También quería hacer tiempo para que Rosi volviera a casa o a la de alguno de sus padres, y pudiese templarse antes de toparse con la desagradable sorpresa de mi regreso. Me sentí profundamente culpable por el dolor que le había producido. Ya no había nada que lo pudiese reparar, pero al menos podía responder todas sus preguntas. No me contestó el teléfono por un buen tiempo, ni su madre me permitió verla las veces que fui a su casa.

Una parte de mí murió aquel día, para siempre. Me atormentaba constantemente el mismo pensamiento que hacía diez años. ¿Los niños se morían porque su padre los abandonaba, o era su presencia la que esquivaban al partir? No volví a tener una relación estable por mucho tiempo. Aquel monstruo en el que me había convertido, no merecía seguir cobrándose víctimas.

Por allá, al quinto o sexto mes, Rosi accedió a verme. Fue una charla fría y distante, muy breve. Al final de la escueta conversación quise saber si era viable un proyecto de vida juntos. Ya sabía la respuesta, pero igual, no perdía nada. Rosi lo descartó rápidamente. Le pedí perdón, lloré y ella se marchó llorando. Nadie pudo ver que el tiempo era una herida. Dos semanas después, accedió a verme de nuevo. En esa ocasión por lo menos nos tomamos un café. No me saludaba, nunca, ni al principio ni al final. Me decía *Chau* y se iba, cabizbaja. Me alegraba verla fuerte, a pesar de todo, capaz de afrontar aquello con valentía. De afrontarme a mí.

Con el tiempo, cuando ella ya estaba saliendo con su actual marido, nuestras charlas se hicieron más relajadas. No quise saber ni su nombre, pero me alegré de que alguien por fin pudiese hacer feliz a esa mujer. Nos mantuvimos en relativo contacto por mensajes de texto y un buen día me contó que estaba embarazada. Lloramos los dos. En algún punto del alma, una vieja herida había cicatrizado.

Cuando Zoca me contó que estaba embarazada, los fantasmas se soltaron de nuevo. No pude más que volver a plantearme la vieja cuestión. Con Zoca no nos unía más que afecto, pero es cierto que nos frecuentábamos con asiduidad. Aquel embarazo era otra cosa, en otra etapa de la vida, en otras circunstancias, pero no dejaba de ser un embarazo. Si permanecía, y era valiente y afrontaba por fin la responsabilidad que una y otra vez el destino me indicaba, ¿el niño sobrevivirá? Y si fuese una niña, ¿sobreviviría esta vez? ¿O era mi llegada la que auspiciaba la muerte? Si permaneciese lejos lo suficiente, quizá el niño pudiese al fin sobrevivir, lejos de un padre que no lo deseaba. Con 42 años, afronté aquellas tribulaciones con más frialdad. En más de una ocasión, le había dejado en claro a Zoca que no me interesaba tener una relación estable, y mucho menos ser padre. Pero de todos modos, alguien o algo había dejado que sucediera. ¿Zoca me estaba engañando, quería incorporarme a su vida de esta manera?

Mi hermano, que a pesar del paso de los años seguía siendo el mayor, quizá me podría ayudar con un consejo. Alberto hacía tiempo que estaba totalmente instalado en Las Vegas, y yo seguía sin conocer ese lugar que tanta curiosidad me despertaba, así que en aquella ocasión, la elección del destino también resultó más sencilla. Me sentía atormentado, e incapaz de experimentar el disfrute, pero tenía un poco más de ánimo y temple que las veces anteriores. Quizá era simplemente que esta vez Rosi no estaba involucrada.

Pero no fue hasta que vi el anuncio del recital de Músico, que comprendí que lo debía hacer una vez más, que debía escapar. Era otra señal.

11

YAKUDOSHI

-Can I kick it?

-Yes you can!

En un callejón sucio y mal iluminado, unos negritos jugaban con una pelota de fútbol americano. Me dejaron patearla una vez y, al hacerlo, me sentí más cercano a ellos que a cualquier otra persona en toda la ciudad. La pobreza también existe en Las Vegas, solo que un poco más lejos. En algún sitio tienen que pernoctar las mozas y los crupiés, pensé, la gente que hacía que la magia sucediera. El verdadero corazón de Las Vegas.

La Avenida Tropicana, tres cuadras más al sur de *Las Vegas Boulevard*, no tenía nada que ver con el glamour de la *Strip*. No había ni un solo hotel, ni *Lago de Como* ni aguas danzantes. Se parecía al *downtown* de cualquier ciudad estadounidense no muy desarrollada. Bares, restaurantes, pubs, prostíbulos, teatros, basura en la calle, gente meando en las esquinas, donde un mendigo muestra joyas a los ciegos, botellas tiradas: lo normal. Las únicas luces provenían de postes callejeros comunes y corrientes, sin parafernalia, sin maquillaje.

El *Fantasy Theatre* se alzaba justo delante de nosotros. Tampoco era la gran cosa, pero sí tenía un cartel de neón. Por algo Músico lo había elegido, comentamos con mi hermano. Fumamos un cigarrillo y terminamos la cerveza en la vereda, antes de entrar al lugar del que nadie podía regresar. Sentí un poco de calor, y luego de frío, y de nuevo calor. La tripa estaba pegando. No habíamos casi comido y eso no colaboraba. Mi hermano estaba igual.

-¿Qué edad tenés, hermanito? –me preguntó Alberto ya con la mirada en otro lugar.

-42.

-Uh… -revoleó los ojos.

-¿Qué? Vos tenés más, ¿qué te hacés el boludo?

-¿Y qué edad tenías cuando pasó lo del bebé?

-30.

-Ah…

-¿Ah qué?

-Nada.

-Dale, drogadicto, decime.

Fumó, se me acercó, y con la mejor compostura que las circunstancias le permitían, dijo:

-Es una boludez… -meneaba la cabeza como restándole importancia-. Los japoneses… ¿viste cómo son los japoneses?

Era una pregunta retórica pero en ese momento y bajo esos efectos se me dio por contestarla con un chiste.

-Sí, parecidos a los chinos.

-También. Pero viste cómo son con la superstición…

-Para ellos no es superstición.

-Tienen un tema con los números, y las edades.

-¿Qué números?

-Hacen lo mismo con los días del año. Hay días *buenos*, y ahí aprovechan para cerrar negocios, casarse o viajar. Y hay días *malos…* Ahí hacen lo menos posible. Se quedan quietos, andan ligeros. Mal no les va…

-¿Y qué es eso de las edades?

-No sé, ellos piensan que hay ciertas edades que están malditas.

-¿Cómo malditas? –me asustó un poco.

-Yo qué sé, les dicen *edades de la muerte…*

-¡La puta madre, Alberto! ¿Y yo tengo la edad de la muerte?

-Todos las tenemos…

-¿Es la edad en la que me voy a morir? ¿Me voy a morir ahora?

-No, nene, tranquilizate. ¿Hace cuánto que no tomabas tripa?

-Mil años, Alberto. Tengo 42 , soy normal. ¿Me podés explicar qué es eso de las edades de la muerte?

Terminó la cerveza de un sorbo y por fin lo explicó.

-*Yakudoshi.*

-Dale…

-Las edades *yakudoshi* para los hombres son los 25, los 61…

-Y los 42 –completé estupefacto.

Alberto asintió.

-¿Quiere decir que me voy a morir?

-No, eso no quiere decir que te vas a morir, pero te vas a morir, sí, como todos. Son edades en que las cosas… no salen bien. Que es mejor atravesar rápido.

-¿En qué sentido?

-¡En todo! Qué sé yo, son japoneses… Olvidate, ya te dije, es una boludez.

¿Qué me había pasado a los 25 que podría considerase especialmente malo? No podía recordarlo. ¿Qué me pasaría a los 61? Eso me generaba mucho más temor. Aunque hay gente que no llega a los 61... ¿Yo llegaría? De pronto lo recordé con total claridad, bendecido por el dios del *LSD*.

-A los 25 me fui a vivir con Rosi.

-¿Tan malo fue?

-No...

Me quedé pensando en aquella noche que se lo propuse, en el restaurante. Tenía 25 años, estaba seguro. No veía nada de malo en nuestra convivencia, pero sí en aquel plan del que no había estado a la altura. Recordé el anillo en el bolsillo de la campera, podía sentirlo todavía, y me sentí cobarde como aquella vez. No era el momento para contarle todo eso a mi hermano, así que me lo guardé.

-Ey, ¿qué pasó?

-Nada.

-¿Tas bien?

-Sí.

-No te pongas mal, es una boludez de los japoneses.

-¿Y con las mujeres es igual?

-No, con las mujeres son los 19, los 33, los 37 y los 61.

-¡¿Tienen más?!

-Japoneses...

-Seguro es porque somos tan hijos de puta que no nos alcaza con cagarles la vida tres veces.

-Coincide solo el 61, ¿viste? Qué raro... Es un garrón, llegar a esa edad juntos y encima vivir el año de la muerte al mismo tiempo.

-Pero si llegan a los 62, no los para nadie...

Ya era la hora de entrar. La gente alrededor hablaba casi toda en español. Cerca de la puerta de entrada pasamos por un grupo que, por el acento de su murmullo, supusimos que eran uruguayos. También podían ser argentinos. Rosi tenía 19 años cuando perdió nuestro primer bebé. A los 33, ya no estábamos juntos. Y para los 37 seguramente ya se habría casado con el padre de sus hijos. Entramos.

Músico abrió el concierto con un tema de amor con título en inglés. Era un buen comienzo, un guiño al lugar. Los primeros acordes de guitarra eléctrica sonaron muy bluseros, muy yanqui, muy Las Vegas. Músico entendía todo, obvio. Antes y mejor que cualquiera. Dijo en ese preciso instante: *Lo único que quiero es no ser como vos.* ¿O era el ácido que estaba empezando a hacer efecto? Todavía era demasiado pronto… *Para aburrirme prefiero sufrir.* Lo miré a mi hermano, estaba tan copado como yo. No podíamos creer aquello. El *Las Vegas Fantasy Theatre* tenía su encanto. Era un sucucho de mala muerte en una calle lateral, para no más de quinientas personas paradas. No había butacas, o las habían quitado para la ocasión, y Músico tocaba con una de sus mejores bandas de todas las épocas, sobre aquel escenario, con un gran telón rojo de fondo. Las luces y el humo producían un efecto visual increíble, que se fueron potenciando a lo largo de la noche, por obvias razones. Aquello se transformó en una atmósfera rosada y densa, pero a través de la cual se podía ver claramente a Músico sentado al piano, al órgano, o a veces de pie con una guitarra colgada. Estaba ya veterano, uno sabía cuando lo veía que la próxima vez sería peor –si es que habría próxima vez-, pero la magia aún estaba intacta. No cualquier músico de rock argentino a esa altura de su vida tocaba un jueves en un pequeño pero colmado teatro de Las Vegas. En el *hall* de entrada vendían cerveza, así que estaba todo cubierto. Nos dejamos llevar por aquellas canciones que sabíamos de memoria, que habíamos escuchado hasta que nos aburrieron y las tuvimos que dejar de escuchar. Y al poco tiempo volvimos a escuchar aun más que la primera vez. Con ese tipo de arte, que permanece así, inalterable en el tiempo, suceden esas cosas. Nunca pasan de moda. Hacía años ya que Músico era considerado el padre del género, y clásico indiscutido de la música en general. Pero además, fue el primer y único *rockstar* hispanoparlante de verdad. Cuando hacía aquellas locuras, como romper instrumentos, demoler hoteles o simplemente tirarse a la piscina desde el noveno piso. Nadie comprendía aquello. Decían que estaba drogado, o que era loco. Yo no podía ver más que mérito en saltar desde el noveno piso de un hotel y caer olímpicamente en la piscina. Y salir nadando. Con la prensa registrándolo todo, por supuesto. Pero así era su vida, le gustara o no. Eso él no lo había elegido. Cuando comenzó a ser popular y llenar teatros, cuando apenas le hacían alguna entrevista en una revista especializada, ya estaba enamorado de su música y tenía tras sí una carrera impresionante. ¿Valía la pena abandonarlo todo por el alto costo de la fama? Por suerte para la humanidad, decidió aceptar su destino. Por nosotros, por él mismo. Músico era valiente, y leía revistas en la tempestad.

-¿Te considerás un provocador? –le preguntaron una vez en la televisión.

-Me siento un provocador… a pesar mío –contestó Músico con aire de tristeza-. A veces provoco porque quiero. Pero a veces provoco porque… A veces no me gustaría provocar, esa es la verdad. Pero un imán atrae aunque no quiera. Entonces me la tengo que bancar, como un niño bueno.

Músico parecía tenerla bastante clara, también en ese asunto. En el estudio del canal no volaba una mosca, Músico gesticulaba ampulosamente.

-Provoco bien, provoco mal... También uno sabe que es un espejo de la gente…

El televidente se podría tomar a mal aquellas palabras, pero si solo lo razonaba un minuto… Pero no. Las señoras de la peluquería, y los sabelotodo de la televisión, malinterpretaban su comportamiento, decían que era agresivo, violento, y lo veían como un delincuente. Muy cada tanto, Músico hacía cosas que estaban fuera de la ley. Y que estaban mal, como agarrar a trompadas a los periodistas. Pero como ya he dicho, era un *rockstar* con todas las letras. Le gustara al que le gustara, y al que no, también. Juzgaban su aspecto desaliñado, en una época siempre parecía sucio, el pelo despeinado, su andar despreocupado y alegre, quizá era la ropa que usaba… que era la misma que usaban los grandes artistas del rock de aquellas épocas… pero la gente no veía eso. Alguna gente… la que no escuchaba su música. Probablemente porque no la entendía.

Las pocas entrevistas que daba en la televisión no ayudaban a limpiar aquella imagen. Más bien lo contrario. Casi siempre se lo veía de lentes negros, para ocultar aquellos ojos de videotape, y fumaba en el estudio cuando todavía se podía fumar en la televisión. Si lo invitaban también con un vaso de *whisky* con hielo, aceptaba. Eran los 90, los últimos coletazos, ya cansados, de la efervescencia postdictadura. Las cosas se hacían así porque veníamos desde un lugar complicado, pero íbamos hacia uno peor: el fin del milenio. Ese temor colectivo subyacente que significaba el cambio de era. No temíamos que se acabara el mundo, éramos racionales. Pero se trataba de un fenómeno que había ocurrido solo una vez a lo largo de la historia de la era cristiana. Todas las computadoras fallarían, y todo lo que estaba programado, colapsaría. Hasta los aviones podrían caer sin explicación por una falla en el sistema técnico. Al final nada de eso sucedió, como siempre sospechamos, pero la calma llegó recién con la certeza, algunos años después. Y duró poco, hasta 2002.

Lo único que el gran público de la televisión a las nueve de la noche podría descifrar de lo que Músico tenía para decir eran disparates inconexos tras disparates inconexos. Un loco y un drogadicto. Como Dalí. Quizá todavía no era el tiempo de Músico. Ya le había pasado, él siempre había hecho música para el futuro, que sería realmente apreciada muchos años después, cuando la sociedad lograba por fin alcanzar ese futuro que había presentido el artista. Alguna de aquella gente sentía lástima por él, que cómo podía vivir así, entre esa mugre, con las paredes graffiteadas. Si fuese la casa de John Lennon, dirían que se debía a que era un genio, y que estaba en otra dimensión, que no se preocupaba por las mismas cosas mundanas que nosotros, los mortales. Un elevado, que hacía aquellas hermosas e iluminadas canciones, así que habría que tener cierto respeto ante lo que tuviese para decir. Y bla, bla, bla. Pero según ellos, a Músico no aplicaba. ¿Oculta eso cierto tipo de racismo?

-La vida es un tallarín, no tiene principio ni tiene fin –dijo una vez en otra entrevista en la televisión.

-¿Vivís solo ahora? ¿Vivís con alguna mujer, vivís con tu hijo? –preguntó el conductor del programa, que a veces lo guiaba a Músico, le sugería respuestas, por temor a que él se perdiese en sus pensamientos y no volviese jamás.

-¡Vivo con un elefante!

Todo el estudio celebró la ocurrencia. Sobre todo porque había sido muy rápida, y sí, disparatadamente graciosa. Luego de las risas, continuó muy serio.

-Vivo con un elefante, sí, ¿y qué? Si Michael Jackson puede, ¿por qué uno de acá no puede? -las risas comenzaron de nuevo-. Si él es el Rey del Universo, yo soy el Príncipe de Júpiter.

Es cierto que tampoco aquello era demasiado brillante, pero se trataba de una forma de evadir la pregunta, que aparentemente le resultaba aburrida, pero tampoco quería decírselo así al conductor y herir sus sentimientos. Otros artistas, lo hacían. En cambio, Músico ofrecía un pedacito de su arte, de su espontaneidad, un brote de su genialidad, de su locura. Alguien podría pensar que Músico le estaba tomando el pelo a su interlocutor, pero lo cierto es que se llevaban muy bien, y Músico estaba en uno de sus *buenos* días. Alegre, dicharachero, divertido. Para nada violento o agresivo. Se divertía con el entrevistador e intentaba regalarle al público algo más allá de datos casuales sobre su vida privada. No era esa su misión en la tierra.

-¿Invertiste en algo el dinero que ganaste?

-Sí, invertí, sí... -se quedó pensando un instante, y luego explicó con total normalidad-. Invertí en una fábrica de sueños... Que es una especie de fábrica, que hace cosas...

Nadie podía decir que Músico estaba mintiendo. Decía lo mismo pero con otras palabras, con imágenes mucho más hermosas, como en sus canciones.

-Compré millones de cosas que las rompí para ver cómo eran por adentro... -eso sí era un poco más disparatado-. Compré aparatos... que sirven para tocar música... Así que sí, hice inversiones. Pero no así, financieras, porque a mí me gusta llevar la plata en una bolsa marrón –gesticulaba con las manos-. Lo cual quiere decir, *dame el dinero, y calla.*

Más adelante en aquella entrevista, Guinzburg le preguntó sobre la veracidad de uno de los tantos mitos que rodeaban la figura de Músico.

-En algún momento, vos te bajaste en un recital los pantalones...

-Sí... -músico bajó la cabeza y se confesó culpable de aquel crimen.

-Yo creo que para bajarse los pantalones, en principio, hay que tener algo... importante... –Guinzburg quiso hacer un chiste con doble sentido, pero su intento de comicidad quedó en segundo plano ante la respuesta de Músico, digna de guion de comedia.

-¡Pantalones!

Hubo risas y aplausos en todo el estudio, por supuesto. Luego el conductor pudo continuar.

-¡Pantalones! Sin dudas, lo primero que hay que tener, es pantalones. Lo segundo, algo importante… Porque si no se ve nada cuando uno se baja los pantalones… no se los baja.

Sin dejarla picar, Músico respondió:

-El asunto es, ¿dónde está la foto? Para que haya un escándalo tiene que haber una foto. O sea, que si soy tan hábil como para desenfundar y enfundar antes del *flash*… no sé si es grande pero es rápido.

En el final de esa entrevista, bastante picaresca, el conductor le preguntó a Músico cuál había sido su mejor noche de sexo.

-Eso… -bajó la cabeza, pensó, la levantó y siguió-. La mejor… creo que es en el futuro.

Aquella pregunta, que daba para guarangadas de todo tipo, en su mente se conectó con algo mucho más existencial. Lo explicó.

-Porque una gente dice *mañana*. El famoso, argentinísimo, *mañana*. Para mí, *el mañana*, ¡es un *gran mañana!*

Extendió los brazos, como abriéndose hacia el futuro, sonriente. Luego se transformó.

-¡O nada! –cerró los brazos-. Y en ese *gran mañana*, veo gente de estatura conmigo… O sea, que… ¡Lo mejor está por venir!

Una frase tan *mainstrem*, que aquella película me había hecho odiar aun más, sin embargo, en ese contexto, como resultado de ese extraño razonamiento, adquiría un renovado valor. Músico ya estaba viejo, cualquiera sabía que lo mejor de su carrera había sucedido por lo menos diez años atrás. Y que nunca volvería a escribir aquellas canciones. Sin embargo, ahí estaba él, lo más campante, despuntando el siglo XXI con el pelo teñido como Kurt Cobain, soñando con un futuro que -¡las vueltas que tiene el destino!- sería mucho peor de lo que él mismo proyectaba. Quizá la gente en ese *gran mañana* no tuvo tanta estatura.

Pero aquella noche en el *Fantasy*, Músico todavía llevaba la llama encendida dentro de sí. Tocó casi todos sus clásicos, lo más bailables o movidos, no fue un toque intimista. Por supuesto, Músico tenía puesto su brazalete, y mi hermano y yo, también. Entre canción y canción, Alberto me habló al oído.

-Qué bien que estuviste, hermanito, la verdad… -ya no sabía si el que hablaba era él o el *whisky* o el *LSD*. Nos dimos un abrazo. Me alegré de haber hecho aquel viaje, trajera las consecuencias que trajera.

Una de las entrevistas que siempre veíamos con mi hermano, cuando vivíamos juntos, era la de Músico con Jorge Lanata, un tipo que lo único que quería era tenderle trampas. Músico acaba de salir de la cárcel, por un malentendido menor, y no estaba en uno de sus días *buenos*. Casualmente, su interlocutor deseaba una entrevista con Músico en uno de sus días *malos*.

-Vos me estás diciendo que la música está por arriba de la política, y yo ya sé eso. Gracias a Dios. El arte está arriba de la política. Suponiendo que… hacés arte.

Lanata quería provocarlo a como diera lugar. Pero como no lo conseguía, se volvía cada vez más agresivo, más violento. Sin embargo, Músico, aún en un *mal día*, contestaba con sutil brillantez.

-¿Sabés lo que es el arte?

-No, ¿vos?

-Cagarte de frío.

Fue como robarle un caramelo a un niño. A Lanata no le hizo gracia y, sin abandonar su postura de hombre recio, contestó muy serio:

-No, no es solo eso.

De nuevo parecía un niño, caprichoso, ofendido de alguna manera. Queriendo llevar la conversación hacia un lugar a donde Músico no quería, y eso tenía un precio.

-No sé. ¿A vos te parece que yo soy artista? –preguntó Músico.

-No lo sé –contestó Lanata-. Te digo en serio, no lo sé.

Músico permaneció en silencio, conteniendo la ira, agazapado, esperando su momento para saltarle a la yugular. Sin perder la sonrisa.

-¿No sabés? –Músico ganaba tiempo para sí.

-No lo sé. Yo creo que hiciste grandes cosas… y que después te empezaste a copiar a vos… Y creo que te das cuenta –lo decía mirándolo a los ojos, asintiendo con la cabeza, como queriéndolo convencer.

El periodista insistía con su cometido. Y era punzante. Elucubraba pensamientos negativos, y quería que Músico se los apropiara. Lo quería hacer hablar mal de sí mismo. Y eso a Músico no se le hacía. Si había una cosa que había que tener clara cuando uno se enfrentaba con Músico en cualquier circunstancia de la vida, era que iba a salir indefectiblemente lastimado.

-Yo pienso que vos sos un pelotudo –contestó Músico también mirándolo a los ojos, asintiendo con la cabeza. Prefería un estilo de provocación más directo que su interlocutor. De paso, evadía la pregunta y el asunto de si se copiaba a sí mismo o no. La conversación iría ya por otro derrotero. Con ese insulto vulgar, tan sincero, había ganado otra batalla.

-Gracias –Lanata también sabe cuándo es mejor victimizarte.

-De nada –Músico no daba un solo paso atrás. Esa era otra cosa que había que saber sobre él. Se terminó el *whisky* de un trago, y después agregó, para bajar tensiones-. Pero bien…

-Bueno. ¿Y cómo es un *bien* pelotudo?

-Y, no sé… sale por televisión –contestó Músico y provocó la risa de los camarógrafos y asistentes de piso.

-¿Nos vamos a pelear? Peleémonos.

Lanta tenía un último golpe, pero estaba en la lona. Era todo demasiado evidente. Con total naturalidad y simpatía, Músico aclaró:

-No, no me estoy peleando con vos… -negaba la cabeza.

-Todo bien… -la famosa revictimización.

-No me estoy peleando con vos –insistía Músico. No quería que quedaran dudas de quién había ganado la batalla, nuevamente.

-¿Estás muy en desacuerdo con lo que dije? –Lanata volvía sobre sí mismo.

-Completamente.

-¿Por qué? –Músico parecía por fin morder el anzuelo.

-Porque si mirás a los demás, te vas a dar cuenta de que ni siquiera…

Lanata vio la oportunidad, y lanzó un golpe.

-¿Vos me decís en función de los demás? Ah, vos sos el mejor, loco, pero qué me importa.

-…digo en comparación, los músicos que hay en este país… -Músico seguía su razonamiento con total tranquilidad. Lanata lo interrumpía constantemente.

-Sos mucho mejor. Sos mucho mejor. Mucho mejor…

-Ah, bueno, ¿entonces? Debo ser un artista… Como Mercedes Sosa…

Lanata asentía con la cabeza, como los perritos de los taxis.

-Bueno… Entonces… Uno a cero.

Aquél estudio de televisión estalló en carcajadas de nuevo. Se estaban riendo del jefe, qué mejor. Pero en seguida, el silencio de nuevo. Lanata había quedado en ridículo. Lo único que estuvo haciendo Músico desde un comienzo era guiarlo hacia la respuesta original. Le tendió un improvisado y siniestro plan. Como aquel que enseña a pescar en vez de dar pescado, pero después se queda con el pescado.

Músico cerró aquella entrevista como solía hacerlo, tocando *rock and roll* en un teclado. Pero en mitad de la canción, hizo frenar a la banda, dejó de tocar, se tiró para atrás en su asiento y dijo antes de tirar el micrófono al suelo:

-Eso es copia a mí mismo, muy aburrido.

Corte. Dos a cero.

La última canción de la noche fue una versión más jazzera de *Viva Las Vegas*. Mi hermano y yo no podíamos estar más copados con todo aquello: lo que sucedía fuera y lo que sucedía dentro. Lo difícil era diferenciar ambos mundos. Músico cantaba.

-If you see it once, you'll never be the same again.

Cuando estaba por terminar la canción, la enganchó con uno de sus hits. Y encajaba perfecto. Las Vegas, la Ciudad del Vicio. Músico era un vicio más en nuestras vidas. Y en esta sociedad, todo el mundo tiene un vicio. Eso era Músico. Tan solo un vicio más. Tu vicio.

12

PIANO BAR

Cuando salimos con Alberto del *Fantasy Theatre,* el aire fresco de la noche nos hizo despertar de la ensoñación. Por un rato. A los segundos, ya nos dio calor de nuevo. Aquel toque había sido sensacional. De otro planeta. Fumamos un cigarrillo y nos quedamos comentando en la vereda.

-¿A dónde irá hoy?

-¿Ahora de noche, decís?

-Sí.

-Ni idea, justo acá hay un millón de lugares -dijo mi hermano.

-Pero no va a ir a ningún lugar muy concurrido…

-¿Acá en Las Vegas? ¿Sabés la cantidad de estrellas del mundo que vienen y ni te enterás? Es lo más normal.

Pensé que quizá me podría cruzar con Músico aquella noche en algún sitio. Le propuse a mi hermano salir a adivinar su derrotero.

-Perdón, hermanito, pero yo me voy a tener que ir a dormir –dijo Alberto.

-¿Qué? ¿Ya?

-Sí, perdón. Pero tengo que volver a trabajar, ya te dije…

-¿En ese estado? –pregunté.

-He trabajado mucho peor, te imaginarás.

Me imaginaba. Nos dimos un abrazo y se subió a un auto que lo pasó a buscar. ¿Iría a trabajar de verdad, o simplemente daba por terminada su experiencia fraternal?

Me quedé solo de pie ante la puerta del *Fantasy*, que ya casi estaba vacío. Comencé a caminar hacia la *Strip*. Seguía bajo los efectos del *LSD*, así que cualquier lugar al que fuese en aquella ciudad sería maravilloso. Nada podía salir mal, aunque me hubiera gustado que mi hermano me acompañase. Entre otros miles de pensamientos indescriptibles, me venían a la mente momentos del show de Músico. Fue espectacular de principio al fin.

Las luces de la *Strip* y sus majestuosos edificios mutaban de colores como auténticos camaleones. Al menos ante mis ojos. Caminaba despacio, iba alegre, contemplando todo a mi alrededor como si fuese la primera vez. Cada tanto me preocupaba chocarme con alguien, con los turistas, con las putas, con los Elvis, con los personajes del cine o con las estatuas vivientes y qué sé yo qué más. Estaba absorto en la contemplación, todo se movía, como un enorme puzzle multicolor que transformaba sus fichas en diferentes formas. Además de la música, o las músicas que se mezclaban en el aire. La noche es tan suave, y el tiempo feliz, pensé. Aquello era como un carnaval, sumado al torbellino de locura que reinaba en mi interior. Se me venían frases a la cabeza. *No tengo que hacer maletas, no siento nada. No tengo que volver. Sangre en la calle, calle. ¡No hay que vivir así!* Deliraba, y sentía que caminaba sobre un arcoiris. *Porque antes que tu madre, mucho antes que el dolor, el amor cambia tu sangre.*

Me senté en una esquina, sobre un banco de madera, a fumar un cigarro y bajar un poco. Cerré los ojos, exhalé el humo. Aquel viaje estaba siendo verdaderamente un viaje. Extrañé a Rosi una vez más. Hubo una noche, a mediados de otoño, hacía ya muchos años, en la que pude haber torcido mi destino.

Hacía frío, y ya estaba prendida la estufa a leña en nuestra casa. Mirábamos una película acurrucados en el sillón. Eléctrica compañía. Tendríamos veinti tantos.

-¿Vos creés que alguna vez vamos a poder tener un hijo?

Los dedos de nuestras manos estaban entrelazados, y comencé a hacerle caricias.

-No sé, amor… Viste lo que dice la doctora…

-Dice que es poco probable…

-Por eso.

-¿Vos decís que es poco probable que seamos padres? –hablaba con una angustia controlada, nunca quitamos los ojos del televisor.

-Yo no, amor.

Me abrazó y yo la abracé.

-¿Vos querés ser padre? –era la primera vez que me lo preguntaba así, de forma tan directa. No era momento para discutir.

-Sí, amor… -sabía que aquello era poco probable-. ¿Vos?

-¡Obvio!

Nos abrazamos e hicimos el amor sobre el sillón, sin apagar el televisor. Luego nos duchamos juntos y fuimos a la cama a dormir. Nunca olvidaré aquella sensación, de desesperanza, cuando cerré los ojos y supe que se me acababa de escapar otra oportunidad para ser sincero con Rosi. No podía dejar más trenes pasar, debía decirlo todo, sacarlo para afuera de una buena vez. El problema era que tampoco yo sabía bien qué era, pero sospechaba que tenía que ver con el enorme amor que sentía por

Rosi y con mi incapacidad de dar ese paso en aquel momento de mi vida.

-¿Amor?

-¿Qué?

-¿Estás dormida?

-No, todavía no, ¿qué?

La habitación estaba en total oscuridad, apenas iluminada por la luz pálida de los faroles de la calle, que se colaba indiscreta entre las persianas de la ventana. Silencio. Estaba decidido a hacerlo, intentaría explicarle lo que me pasaba. Quise aprovechar el silencio y la oscuridad, la horizontalidad de nuestros cuerpos. Tenía un nudo en el estómago, sentía náuseas. Me estallaba la cabeza. Me sentía realmente enfermo, aquella charla me había desestructurado. No podía seguir viviendo con esa angustia, con ese dolor escondido dentro de mí, callado. Me quedaba toda la vida por vivir, y sabía que esos remordimientos si no se sacan un día no se sacan nunca más. Quedaban ahí, en el alma, como espinas. No me quería mortificar más por todo aquello, pero cuando iba a abrir la boca para contárselo a Rosi, no me salieron las palabras. Una luz de emergencia se encendió en mi cerebro y me dijo que me detuviera, que no lo hiciera. Que lo pensara. ¿Cuál era el sentido? ¿En qué podría mejorar la situación? Nada bueno sucedería después de una confesión así, solo más discusiones y peleas y llantos. Una situación perder-perder. ¿Sería un acto valiente decir todo aquello, o uno egoísta? No podía hacerle eso a Rosi, aquella mujer ya había tenido suficiente conmigo. Si la amaba como decía que la amaba, no podía seguir generándole tanto dolor.

-¿Mañana es el cumple de Inés?

Aquel recuerdo tan nítido me sumergió en un túnel oscuro, y quise salir rápidamente de allí. Apagué el cigarrillo y cuando levanté la vista divisé algo que no me pareció haber visto antes. Un antro en una esquina tenía un cartel de luces *LED* amarillas y violetas que decía: *Piano bar*. No podía creer la coincidencia. Por supuesto, quise entrar. Le pregunté al portero cuánto costaba la entrada.

-¡La entrada es gratis! –dijo-. La salida, vemos.

El lugar era exactamente como me lo imaginaba. Muy oscuro, mesas pequeñas redondas, rodeadas por sillas, y sobre ellas, unas lamparitas coquetas, acompañadas por un cenicero. Gente de todo tipo y color conversando a viva voz. Una gran barra también repleta de gente muy relajada, disfrutando, todos con tragos en las manos, o copas de vino. Al fondo, un modesto escenario de tablones y un telón negro. Sobre el escenario, solamente tres teclados Yamaha dispuestos alrededor del asiento, un micrófono y un atril. Qué bien, alguien tocaría esa noche. No sé si era que yo percibía los sonidos particularmente altos, pero entre el griterío y las carcajadas y los ruidos de la barra, aquello era un conventillo. Los chicos tienen un lugar donde ir a conversar. No había mesas libres, pero podía pedir un trago y sentarme en uno de los sillones empotrados que había mirando hacia el escenario. Saludé a las chicas que estaban ya sentadas ahí, pero no les usé la mesa. Sostuve mi cerveza en la mano todo el tiempo. Antes de que pudiera terminar de descubrir todo lo que había en ese lugar, las pocas luces que estaban encendidas se apagaron, y un alboroto me hizo suponer que empezaría el show. ¿Quién tocaría? No importaba, seguramente iba a ser genial. Y de pronto, ocurrió lo imposible. Músico salió a escena, se sentó frente a aquellos órganos, y ante al griterío del público saludó en inglés. Comenzó a producir magia con aquellos teclados. Reconocí la canción inmediatamente, y luego también en perfecto inglés, pero sin perder la rotura tanguera de su voz, cantó:

Well a bless my soul, what's wrong with me?
I'm itching like a man on a fuzzy tree
My friends say I'm actin' wild as a bug
I'm in love
I'm all shook up
Mm mm mmmmm, yay yay, yeah

Músico era un genio, lo vi más claro que nunca. Como Bach. Como Einstein. *Hay dos maneras de vivir la vida: una como si nada fuera un milagro; la otra, como si todo lo fuese.* Albert Einstein. Que Músico estuviese tocando en ese piano bar al que entré por total azar, la misma noche que lo había visto en el *Fantasy*, no podía clasificarse como otra cosa que no fuese un milagro. A "*All shook up*" le siguió otra canción acelerada: "*It´s now or never*".

It's now or never, come hold me tight
Kiss me my darling, be mine tonight
Tomorrow will be too late
It's now or never, my love won't wait

El público estaba pletórico. Coreaba todas las canciones, de principio a fin. Y sí, eran clásicos de clásicos. Músico no podía haber elegido un mejor repertorio para aquella noche. La gente lo sabía y Músico lo sabía. Me pregunté cuántos de mis compañeros de bar de verdad sabían quién era el tipo que estaba tocando. Él también estaba pletórico, haciendo de las suyas. Tocó "*Don´t be cruel*".

Baby, if I made you mad
For something I might have said
Please, let's forget the past
The future looks bright ahead
Don't be cruel to who a heart that's trae

El futuro se ve brillante allí delante. Luego de los aplausos y el vitoreo del público, continuó con *"Can´t help falling in love"*. Aquellas eran las canciones de Evis que mejor podía interpretar acompañado solo por esos teclados. Concluyó lo que dijo que era la primera parte del show, y se fue por el costado del escenario. Se encendieron las luces, volvió el murmullo y la música jazz salió de nuevo por los parlantes. También volvió mi estado de ensoñación. Me sentía mareado, quizá conmovido por todo aquello. También seguía un poco borracho, no había parado de tomar en toda la noche, y no eran ni las doce. Fui al baño y me mojé la cara, quería espabilar un poco. Sabía que si comía algo todo volvería a la normalidad, pero ese no era el plan. De regreso al salón, vi de pronto una pequeña puerta entreabierta que conducía a algún sitio. Se veía una luz, y telas negras por todos lados. ¿Estaría Músico allí? Decidí atravesar el umbral. El problema era si no estaba también atravesado el umbral del raciocinio.

Cierto o no, ahí estaba Músico. Sentí que el corazón se me iba a salir por la boca, que me desmayaría ahí mismo. El personal de seguridad intentó detenerme pero Músico estaba en uno de sus *buenos* días y me dejó saludarlo. Le dije que era uruguayo, sabía que esa era la mejor carta de presentación ante cualquier argentino. Músico quedó encantado, recordamos la vez que el mismísimo presidente de la república le prohibió el ingreso al país. Y aquel era un presidente culto, un intelectual, que disfrutaba y apreciaba el arte. Pero quizá, en el fondo, no fuese más que aquellas señoras que lo conocían por la televisión. Músico me preguntó qué hacía allí, le contesté que lo había ido a ver a él.

-No te puedo creer, qué loco, che –dijo divertido. Y después agregó-. Sé que te puedo estimular.

Ambos reímos. No podía creer aquel encuentro. Estaba por fin conversando con Músico. ¡De lo que se había perdido mi hermano! Después de aquel breve intercambio, finalmente me pidieron con gentileza que me retirara del lugar. Estaba tan obnubilado por lo que sucedía fuera y dentro de mí, que me dejé arrastrar por esos tipos gigantes, y cuando quise acordar ya estaba de nuevo en la barra del salón. Pedí otro *whisky*, seguía sin caer. Las luces se apagaron de nuevo y Músico volvió a escena. Recuerdo que lo vi con otros ojos. Tocó "*Always on my mind*", "*Burning love*" y cerró con dos extra Elvis: "*Can´t take my eyes off you*" y "*You never can tell*", la versión de Chuck Berry. Terminamos todos bailando, y no faltó quien imitase los movimientos de Travolta. Al finalizar el show, mucha gente se retiró, pero como yo seguía en un estado astronómico decidí quedarme y tomar un par de *whiskys* más en ese piano bar que tantas alegrías me había dado. Del corredor que llevaba al baño empezaron a salir personas vestidas de negro que yo había visto antes. Detrás de ellos, Músico. Conversaba en inglés con alguien, de quien se despidió. Fue hasta la barra y se pidió un *whisky*. Me vio, sonrió y le dijo al *barman:*

-*And one for my friend,* el yorugua.

¿Músico se estaba refiriendo a mí como *su amigo*? ¿No podría haberlo dicho en español? Para el recuerdo… ¿Qué hacía ahí Músico ahí solo? ¿Estaba sucediendo todo aquello o simplemente me había desmayado horas atrás, producto del alcohol, y todo eso era más que un delirio lisérgico? Me le acerqué, pero mantuve cierta distancia, no quería incomodarlo. Podía sentir su perfume, observarlo de cerca. No era el tipo descuidado que la televisión quería mostrar. Se notaba su clase, incluso en aquellas circunstancias. Y lo acalambré. Le empecé a explicar lo mucho que me gustaban sus canciones, lo importantes que habían sido para alentarme o arroparme a lo largo de la vida. Le dije que a mi hermano le pasaba lo mismo, y que a millones de personas en el mundo, también. No podía creer aquel encuentro. Músico me escuchaba encantado, o no me escuchaba. Tomaba *whisky*, miraba el suelo, cada tanto reía. Cada cual tiene un *trip* en el bocho, y el mío era de *LSD*.

No sé cómo le terminé contando la verdadera razón que me había llevado hasta Las Vegas. Le conté mi pena. Le conté que mi ángel se había ido cuando estaba allá. Le dije lo que estaba haciendo en Las Vegas, le dije que estaba escapando.

-¿De qué? –me preguntó-. ¿O de quién?

-De la responsabilidad. De mí mismo.

Músico se rió de mí, tomó *whisky*. Creo que le divertía también aprovecharse de mi estado y jugar con mi mente. Le expliqué que Zoca estaba embarazada, y una vez más, huí.

-¿Eso es no ser valiente? –le pregunté.

-El Príncipe Valiente no existe –me contestó.

-¿Entonces?

-¿Entonces qué?

-¿Qué tengo? ¿Qué me pasa? ¿Qué hago mal?

-Te falta algo. Te falta ser como son los soldados, que mueren junto al frente.

Reí y le contesté con la misma moneda:

-Nadie me enseñó cómo sentir, nadie me enseñó cómo vivir.

-Ah, ¿no? –preguntó Músico ofendido porque había olvidado todo lo que él me había enseñado a través de sus canciones. No sé si realmente se molestó por mi tonta omisión o solo fue un acto de comedia, pero aprovechó el envión, se terminó el *whisky* de un trago, y se fue, no sin antes murmurarme al oído:

-*One, two, three, four, five, six, seven…*

Y yo completé de memoria:

-*All good children goes to heaven.*

La puerta del piano bar se cerró detrás de Músico, y todo dejó de tener sentido. O al revés. Miré alrededor. Heridas que venían, sospechas que iban, y allí estaba yo, pensando en el alma, que piensa, y por pensar, no es alma.

Salgo yo también del piano bar, es solo *rock and roll* pero ya es mucho para mí. ¿Qué era Las Vegas exactamente? Esa era la pregunta que le hubiese querido hacer a Músico. ¡Cómo no se me ocurrió antes! Imaginé lo que me hubiese contestado. Podés pasear en limousin, gastar las flores del jardín, podés gastar el sol y esconderte si no quieres verme. O puedes ver amanecer, con caviar desde un hotel. Así es Las Vegas… Podés saltar de un trampolín, batir un récord en patín, podés hacer un gol y podés llevar tu nombre al cielo. O podés ser un gran campeón, jugar en la Selección. Y sin embargo… no tienes un poquito de amor para dar. Si me contestaba todo aquello, Músico tendría razón. En Las Vegas no había lugar para el amor. ¿Tenía yo lugar para el amor, un poquito de amor para dar?

Aún no lo sabía, pero me quedaba en el bolsillo una semana más para descubrirlo, en aquel increíble lugar, donde todo podía suceder, ya había quedado claro. Aquellas dos semanas en Las Vegas dejé caer mi mundo. Se desmoronó todo delante de mis ojos. Y entonces, ¿qué mundo iba a construir? Primero debía salir de aquel lugar de oscuridad, aquella indiferencia en la que me había sumergido. Antes, debía sanar de una vez aquel pesar. Nada florece lejos del sol. No hay primavera en Anhedonia. Así que eso hice.

14

LA SEGUNDA SEMANA

La segunda semana no tuvo nada que ver con la primera, gracias a Dios. No hubiese sobrevivido a aquel ritmo. Al otro día de la noche lisérgica, caí en la trampa de la clínica de *detox* en la planta baja de mi hotel, esa que tantas veces había visto al pasar. El cartel prometía "curar la resaca y el *jet lag*". ¿Sería legal? Con suerte, no. La publicidad funcionó a la perfección. Cuando mis ojos destruidos, cansados de ver colores y formas, leyeron "*Massive detox*" no sé cómo pero hicieron que mis piernas nos llevasen hasta el mostrador. Obviamente, la que atendía la recepción era una rubia preciosa.

-Hola –apenas pude decir.

La chica me sonrió con lástima.

-¡Hola! ¿Cómo estás, en qué te puedo ayudar?

-Quería saber bien qué era… el tratamiento…

-¡Claro! –me gustaba escucharla hablar-. Esto es una solución que fue desarrollada por los mejores científicos médicos expertos en terapias intravenosas, desintoxicación y medicina regenerativa. Y nuestros enfermeros, también están certificados y formados especialmente para este tipo de tratamientos.

Hablaba de corrido, como una cinta, sin pausas.

-Se lleva a cabo en una cabina médica totalmente sanitizada, te recostás en un sofá muy cómodo, podés escuchar música, son 45 minutos con un suero puesto, ¡y te vas como nuevo!

Aquello parecía tan milagroso como poco creíble, pero estaba en Las Vegas, tenía que probarlo.

-¿Y qué es lo que te meten?

-Nuestra solución de patente exclusiva, que varía de acuerdo al tratamiento que quieras hacer.

-¿Y qué tratamientos hay?

-Si estás de resaca, sin dudas te recomiendo el *Massive Detox*, porque además de un cóctel poderoso de vitaminas y antioxidantes, tiene glutatión, el principal antioxidante de las células.

Sonaba bien.

-Si no, podés optar por el *Great Again*, que como su nombre lo indica, promete recuperarte totalmente de la resaca en 45 minutos. También tenemos el *Blood Cleanser*, que purifica tu sangre y tu hígado por completo; y también te puedo ofrecer el *From Dusk till Dwan*, que hidrata y protege el cuerpo de la radiación ultravioleta.

-¿Todos son intravenosos? —me asustaba un poco la idea de la aguja.

-¡Sí! Nuestros tratamientos son todos intravenosos porque la solución actúa directamente en la sangre, combate el estrés oxidativo y los radicales libres que causan enfermedades, así como la degradación de los tejidos en general. Podrías tomar un montón de píldoras con algunos de los compuestos de nuestra patente exclusiva, ¿pero sabías que el 70% de eso el cuerpo no lo absorbe si es administrado por vía oral?

No sabía. Ella seguía con el *cassette*.

-En cambio nuestras soluciones intravenosas se absorben al 100%, lo que permite una sustitución real de fluidos e hidratación intercelular. ¡Por eso son intravenosos! Me imagino que un chico como vos no le tendrá miedo a un pequeño pinchazito…

Aunque no me creía lo del 100%, la chica con todas esas palabras incomprensibles ya me había convencido. Y sin ellas, también.

-¿Y cuánto cuesta?

-Depende del tratamiento, pero va desde 150 dólares a 300 si querés el *Massive Detox*, ¡que te lo recomiendo especialmente!

Me parecía un disparate gastar más de 50 dólares en ese placebo, y además el dinero no era algo que me sobraba. ¿Gastar la mitad del precio del pasaje en un suero antiresaca? Ni loco. Pero el nombre me tentaba demasiado: *Massive detox*. Era realmente lo que necesitaba, lo que había ido a buscar a aquella ciudad.

Pagué con la tarjeta de crédito y me impuse no recordar nunca más aquel gasto. A mi favor, valió cada dólar pagado.

La recepcionista me condujo, a través de una puerta de cristal, al consultorio en la trastienda. La habitación no era pequeña, las paredes pintadas de celeste, todo impecable. Me recosté en un *recliner* blanco de cuero, como me indicó la chica, y luego ingresó una enfermera de veinte años, vestida como si fuese la primera víctima del asesino de una película de terror.

-Hola, soy Alessandra, mucho gusto.

Era un ángel, y traía en un carrito de metal la solución de los 300 dólares. Dolió el pinchazo y al principio me sentí un poco incómodo, con aquel líquido frío penetrándome por el antebrazo. Alessandra me dijo que me iba a dejar solo para que me relajara, que no me preocupara que ella iba a estar del otro lado del ventanal observando. Como en una sala de interrogatorio, pensé. Me dijo que si quería podía poner la radio, había unas melodías de relajación muy buenas, y en 45 minutos volvería. Elegí una canción que se llamaba *Melodía tibetana – Dulzura de loto* , cerré los ojos e intenté olvidar que tenía un objeto extraño y punzante incrustado en el antebrazo. Para distraerme, volví a pasar por la mente las imágenes de la noche anterior, el encuentro con Músico. Podía sentir cómo se me dibujaba una sonrisa en el rostro. Ese tipo de cosas sucedían solo una vez en la vida, pensé, en el mejor de los casos. Como suele decirse, podía morir en paz. Ese mismo día, en aquel consultorio. El mercurio no me daba la razón. ¿Habíamos conversado con Músico sobre Kurosawa? Creí recordar que sí.

El elixir vital, fuente de la eterna juventud, se inyectaba en mi cuerpo por aquella aguja helada. Un dolor placentero. La solución congelante corría por mis venas, que transportaban la sangre renovada, llenando a su paso con oxígeno cada átomo de mi cuerpo. Sentía la sangre que llegaba al cerebro, que apaciguaba el corazón, y podía respira mejor. Ya no era yo. Me sentía el hijo de Jesús, como en la canción de Lou Reed.

Cuando entró Alessandra, no recuerdo si estaba dormido o medio dormido o despierto del todo, pero con el sonido de la puerta abrí los ojos y me sentí como al despertar en medio de un sueño. El suero ya se había acabado y Alessandra procedió a sacarme la jeringa con mucha delicadeza. Me puso un algodón sujetado con un leuco. Me sentía otra persona. Lo era. ¿Había rejuvenecido algunos años? La chica de la recepción me regaló una botella de bebida energizante y la saludé con un beso. Subí de nuevo el tortuoso ascensor hasta mi habitación, me duché y me acosté a dormir.

Soñé con un episodio de mi vida con Rosi que en la vigilia creía olvidado. Lo recordé como una película, sobre mí mismo. El espectador-protagonista. Aquel evento había tenido lugar unos meses después de que habíamos perdido nuestro primer bebé. Éramos gurises que adivinábamos la vida adulta. Los dos quedamos destrozados con aquella tragedia, tan pronto. Un buen día supe que necesitaba hacer algo. Algo especial. Un acontecimiento que modificara totalmente la energía negativa que había entre Rosi y yo. Que sacudiera, que nos elevara por un momento del fango, que nos demostrara que todavía había luz en nosotros. Que éramos capaces de volver a reír, con eso ya alcanzaba. Hacía semanas que no reíamos. Entonces planifiqué lo de la serenata. Alquilé un traje de *cowboy* en una tienda de disfraces del Centro –que incluía pantalón y camisa de cuero, chaleco con flecos, botas con flecos, espuelas, cinturón, sombrero y cananas con pistolas. Todo negro- y me fui hasta la puerta de la casa de los padres de Rosi, cuando todavía estaban casados. Me paré debajo de la ventana de su cuarto, y guitarra en mano empecé:

> *We'll meet again*
> *Don't know where*
> *Don't know when*
> *But I know we'll meet again some sunny day*
> *Keep smiling through*
> *Just like you always do*
> *'Till the blue skies drive the dark clouds far away*

Después de escuchar la primera estrofa, Rosi bajó corriendo y me vino a dar un beso y un abrazo. Era fanática de Johnny Cash, y de June Carter. Pero no me iba a disfrazar de June. Reímos y lloramos los dos, de risa o no sé de qué, de desahogo nomás. Secándonos las lágrimas, prometimos que aquella sería la última vez. No más lágrimas, como los productos para el pelo. Nos duró bastante aquella promesa.

No supe qué día era cuando desperté en el piso 28 del *MGM*, tampoco me preocupó. Con esa actitud *zen* encaré el resto de los días que me quedaban por delante en Las Vegas. Ya la misma habitación la percibía de una manera distinta. Quizá era porque había eliminado de mi cuerpo todas las toxinas. Tenía muchas ganas de mear, fui al baño y vi salir el chorro naranja oscuro, interminable. Ahí se estaba yendo toda la porquería, y me quedaba con lo mejor. *100% de absorción*. Me di una ducha y bajé a la piscina con los auriculares para poder escuchar música de Músico y continuar reviviendo la que había sido la experiencia más increíble de mi vida. Disfruté mucho al sol.

Por la noche fui hasta el bar donde trabajaba mi hermano, tenía que contarle de lo que se había perdido. Cuando lo hice, casi rompe todo. No daba crédito. Me invitó a cenar a su casa para enterarse de los detalles. Era todo un gesto, aquel, provocado casi solamente por Músico, pero no me importaba. La pasamos muy bien entre hermanos, nos emborrachamos. El *Massive detox* y los 300 dólares se fueron por la borda. Ya eran como las tres de la mañana cuando volví al hotel a dormir.

El resto de mi estadía en Las Vegas no fue muy diferente de la de cualquier turista adicto al juego. Paseaba en bermuda y remera de acá para allá: piscina, casino, cena, en ocasiones algún pub… y a dormir. Nada de citas con mujeres exóticas o encuentros con escritores célebres en un rapto de cocaína y exhibicionismo. Tampoco dialogué más con estatuas u otros objetos inanimados. Aproveché para distraerme, para vaciarme de pensamientos y ver con qué me llenaba. Había un cuadro en el living de la casa de mi hermano que me había obsesionado toda la noche. Era un paisaje de un bosque con una inscripción en inglés: *"If you want to know where your heart is, look where your mind goes when it wanders"*. Así que me dediqué a eso, a vagabundear, física y mentalmente. Me vi dos espectáculos del *Cirque du Soleil*, el de mi hotel y el del *Mirage;* un recital del Jefe Springsteen, también en mi hotel, y una pelea de boxeo de dos peso mediano. Lo que nunca encontré fue el dichoso cartel de bienvenida a la ciudad. Me propuse visitarlo el último día, sin más escándalo.

Era la última noche en Las Vegas, aquello era importante. Me dejé llevar una vez más por la *Strip*. Ya había visto todo lo que tenía para ver, ida y vuelta. Sobrio y embriagado. Pero lo que nunca me dejaba de sorprender era la insólita galería de personajes bizarros que deambulaban por aquellas calles noche tras noche. Me detuve a escuchar a un falso Ricky Nelson, es decir, un falso falso Elvis. Cuando me acerqué a escuchar, estaba entonando el final de *"Poor Little Fool"*. Lo hacía muy bien, tocaba la guitarra y un amplificador complementaba con pistas grabadas de instrumentos. Cuando terminó, lo aplaudimos y le dimos unas monedas. Yo le di un dólar. Ricky agradeció a su numeroso y variopinto público, y luego cantó *"Lonesome town"*.

-*There's a place where lovers go.*

Pensé en Rosi.

-*To cry their troubles away.*

Pensé en nuestras tragedias.

-*And they call it Lonesome town.*

¿Estaba yo en *Lonesome town*?

-*Where the broken hearts stay.*

Por supuesto.

-*You can buy a dream or two, to last you all through the years.*

¿Cuál era exactamente mi sueño?

-*And the only price you pay, is a heart full of tears.*

Ese era un precio que podía pagar.

-*Goin' down to Lonesome town, where the broken hearts stay. Goin' down to Lonesome town, to cry my troubles away.*

No solo yo, toda la gente a mi alrededor parecía totalmente absorta en aquel espectáculo. Ricky le ponía mucha intensidad.

-In the town of broken dreams, the streets are paved with regret. Maybe down in Lonesome town, I can learn to forget.

Sonreí con algo de melancolía.

-Maybe down in Lonesome town, I can learn to forget.

Decidí entrar al *Venetian* por última vez. Quizá me encontraría de nuevo con Cassandra. La despedida…. Me acerqué a la caja del casino y cambié todo el dinero que me quedaba en la billetera por fichas. Fui hasta el salón de ruletas, elegí un paño y aposté todo al negro. Venían de salir cuatro números rojos seguidos. Eran casi 200 dólares. Si perdía, tenía cambio en el hotel para algún gasto en el aeropuerto. Pero si ganaba…

Negro. Dejé todas las fichas en la misma apuesta. Gané una vez más. No podía creerlo, parecía tan fácil, y sin embargo, podía perderlo todo en un segundo. Lo hice de nuevo, pero esta vez aposté al rojo. Un tema de pálpitos.

-¡Negro el 13! –gritó el crupier y con su grito espantó mi suerte.

Vencido, me fui a dormir al hotel. Las Vegas me estaba diciendo que ya había tenido suficiente, que era hora de regresar a casa. Somos estatuas de sal, queremos volver.

15

MONTEVIDEO

En Montevideo hay biromes, biromes, biromes.
Desangradas en renglones, renglones, renglones.
De palabras retorciéndose confusas, con fusas, con fusas.
En delgadas servilletas como alcohólicas reclusas.
Andan por las calles escribiendo, y viendo, y viendo.
Lo que ven lo van diciendo, y siendo, y siendo.
Ellos poetas a la vez que se pasean, pasean, pasean.
Van contando lo que ven, y lo que no, lo fantasean.

Leo Masliah

Volver fue aun más difícil que partir. Lo dice el tango y lo supe yo apenas puse un pie en Montevideo. Pero algo en mí había cambiado, estaba preparado para afrontar lo que hubiese que afrontar. Solo esperaba que no fuese demasiado tarde, una vez más. Para Zoca, para nuestro hijo, y para mí. Aquellas dos semanas en Las Vegas me habían hecho crecer, pero como crecen las plantas, sin que se note. Lo sentía dentro de mí, pero aún debía demostrarlo. Lo primero que hice cuando llegué a casa fue llamar a Zoca. Me atendió a la primera, y luego de los lógicos insultos, aceptó vernos esa misma noche. Me bañé y agarré una bolsa del *free shop*. Le había comprado chocolates y un perfume. Hubiese sido un insulto pensar que con aquello podría reparar el daño, pero sabía que sumado a la disculpa, la explicación, y al arrepentimiento correspondiente, esos regalos sumarían. Como aquella serenata a lo Johnny Cash.

-No puedo creer que seas tan pendejo, te lo digo de verdad –decía Zoca y se encogía de hombros exageradamente, incrédula. Estaba enojada por mí más que conmigo. Pero estaba enojada, eso seguro.

-Ya lo sé, Zoca, ya lo sé. Te pido perdón, estuve mal. Hice todo mal. Te podía haber avisado…

-Me podías haber avisado… ¡me podías haber avisado! Claro… ¡el problema es que no me avisaste! –me hablaba con sarcasmo, como burlándose de mí-. ¿Y decís que cambiaste? Te fuiste dos semanas a Las Vegas a drogarte con tu hermano, apagaste el teléfono, pero ahora venís y me decís que cambiaste. Como si te hubieses ido al Tíbet o a tomar ayahuasca con los chamanes.

Sin dudas se burlaba de mí. Yo recibía los golpes en silencio y con menos dignidad cada vez.

-Pero vos te das cuenta, ¿no? ¿Te das cuenta de la ridiculez que decís?

Me miraba y asentía, como intentando espabilarme. Como Lanata con Músico. Yo también asentía, culpable, pero no podía ni abrir la boca. Todo lo que dijese en ese momento estaría mal, lo sabía por experiencia. Podría ser usado en mi contra.

-¿Vos te escuchás cuando decís la pelotudez que estás diciendo, o lo decís nomás y no escuchás lo que decís?

-Te pido perdón por todo, Zoca. Por irme, por abandonarte, por ser un cagón.

-¡Tremendo cagón! ¡Por ahí deberías empezar!

Pensé que me iba a pegar pero se contuvo. Noté que se le pasó por la mente.

-A mí me chupa un huevo porque yo a vos no te voy a ver nunca más en mi vida, pero vos sos un pelotudo importante. Y si viniste pensando que cambiaste en algo, dejame decirte que no cambiaste una mierda. Así que date cuenta, porque si no le vas a seguir cagando la vida a la gente, como me la quisiste cagar a mí. Hijo de puta.

Era dura. Nunca había sido así de dura conmigo.

-¿Cómo que no me vas a ver nunca más en tu vida?

-Sos un hijo de puta… -se rió con odio.

De pronto exhaló, se levantó y dijo mirando por la ventana para afuera. Era una noche tranquila.

-Aborté. Obviamente…

El corazón se me paralizó. Sentí cómo dejó de latir. Literalmente. Un frío me recorrió todo el cuerpo, como con el *Massive detox* pero al revés. La tragedia de nuevo, pensé.

-¿Por mi culpa?

-¡Sí, por tu culpa! –gritó furiosa.

¿Hasta dónde había sido capaz de llegar?

-¡Por tu culpa que me embarazaste, pelotudo!

Estaba enojada, sí, pero al menos no la había destruido, como a Rosi. Dos veces. Sentí el corazón comenzar a latir nuevamente. Lo hacía con furia. Sentí calor.

-Te lo hubiese dicho, pero te fuiste a la mierda.

Fuera en la calle, un auto tocó bocina.

-¿Qué te pensás, que quiero tener un hijo? ¿Y contigo? –me miró con desprecio, y sentí desprecio por mí mismo.

-Yo te conozco… no hace falta que me lleves contigo a Las Vegas para que te conozca. Sé cómo sos. Por eso nunca se me cruzó por la cabeza ser madre contigo. Si sos una mierda…

El auto tocó bocina de nuevo, ¿estaría esperando a alguien?

-¿Y cómo fue?

-¡¿Qué cómo fue qué, mijo?! No me vino, me hice el test, dio positivo, quise hablar con vos y nunca más me atendiste el teléfono, ¡hijo de puta! ¡Así fue!

Yo me refería al aborto, pero no dije nada más. La bocina de nuevo, con mayor insistencia.

-Me lo sacaron hace tres días.

Por fin se escucharon unos gritos y el golpazo de la puerta del auto al cerrarse. Arrancó y se fue. Me dolía que Zoca hablara así de nuestro hijo no nacido.

-¿En qué pensás? ¿Vas a decir algo, nene?

Claro, tenía que decir algo.

-Perdón, Zoca, ya te dije. Te lo digo mil veces si querés, sé igual que no tiene perdón lo que hice. Nunca quise causarte tanto daño.

-¿Daño? ¿Causarte daño? ¡¿No ves que sos un pelotudo?!

-Yo tampoco quería tener un hijo –dije al fin.

-Sí, me di cuenta. Me lo podías haber dicho, pelotudo. Tenés 42 años. Madurá. Dejate de Las Vegas, dejate de pire místico. Encará. Ahora andate, no tengo nada más que hablar con vos.

-Pero…

-No me interesa nada de lo que me quieras decir, para mí no existís más. Te recomiendo que hagas lo mismo conmigo. No me escribas, no me llamas, no hagas esas pelotudeces, por favor.

Me la quedé mirando, en silencio.

-Andate.

Me paré, la saludé con un beso en el cachete que aceptó de

mala gana y me cerró la puerta apenas puse un pie fuera. Me sentí libre y agotado a la vez. No percibí la pérdida de aquel tercer hijo como una tragedia. Me preguntaba si la Muerte había viajado en el avión conmigo una vez más, pero luego me convencía de que, esta vez, no había tenido nada que ver conmigo. Zoca nunca hubiese permitido que ese bebe naciera. Un pensamiento liberador. *Massive detox.*

Manejé de vuelta hasta mi casa, me di una ducha y me acosté a dormir. Pensé en el cartel de bienvenida a Las Vegas. Al final, nunca lo había visto. Se me había olvidado por completo el último día, estaba en otra. Allí recostado en mi cama, no me importó. Yo había estado en Las Vegas, y había visto mucho más que un simple cartel. Me había visto a mí mismo.

En sueños, recordé a la veterana de la piscina con la que había coqueteado el primer día. Al final la comprendí. Pero no estaba de acuerdo con lo que me había dicho. No quería eso para mí. Luego de haber pasado en Las Vegas las dos semanas más intensas de mi vida, supe que aquel no era un lugar donde permanecer. Pero sí al que siempre se podía volver.

Mis compañeros del laboratorio no se creyeron ni el 10% de las anécdotas. Para ellos, Houellebecq no era Houellebecq; Cassandra era fea; en la ruleta perdí más de lo que gané y, por supuesto, el encuentro con Músico no había sido más que una alucinación. Sí creyeron lo del Elvis *taxiboy*. De hecho, lo siguieron recordando los años posteriores.

-¡Se cogió a Elvis! –era la gracia.

Una semana después de haber retornado, llamé a Rosi. La quería ver, contarle todo lo que había vivido. Quedamos en tomarnos un café en el lugar de siempre.

Fui minucioso con los detalles, le expliqué lo mucho que había pensado en ella durante aquel viaje, lo presente que la tuve durante toda mi estadía. Le pedí perdón una vez más. Por todo. El relato la conmovió, y vi cómo se le llenaron los ojos de lágrimas. Hacía más de diez años que no la veía llorar. Yo también lloré. Nos abrazamos, pagamos la cuenta y la llevé hasta su casa. Estacioné el auto a media cuadra. Antes de que Rosi se bajara, le conté también que, estando allá, había soñado con el episodio de la serenata.

-Fue tan real… Como vivirlo otra vez –le dije.

A Rosi se le llenaron los ojos de lágrimas de nuevo, y nos besamos. La máquina del tiempo en nuestras bocas. Quise decirle que dejara todo, que dejara a su marido y a sus hijos, y que se viniera conmigo. Podríamos empezar de cero, todo de nuevo. La seguía amando como el primer día, y en sus besos supe que ella también lo hacía. Abrió la puerta del auto y, antes de que se fuera para siempre, le dije que le quería decir algo.

Le canté al oído:

-Te encontraré una mañana, dentro de mi habitación, y prepararás la cama para dos.

Agradecimientos

A los primeros lectores de esta novela, sin cuyos aportes no sería tal. A Magda, por su mirada sensible. A Álvaro, por el aliento y la contratapa. A María, que siempre está. A Amaya, por adoctrinarme en el oficio de la escritura. A Eileen y Josean, por introducirme en la buena literatura, y todo.